Schlink | Der Vorleser

Lektüreschlüssel XL

für Schülerinnen und Schüler

Bernhard Schlink

Der Vorleser

Von Sascha Feuchert
und Lars Hofmann

Reclam

Dieser Lektüreschlüssel bezieht sich auf folgende Textausgabe:
Bernhard Schlink: *Der Vorleser*. Zürich: Diogenes, 1997.

Lektüreschlüssel XL | Nr. 15454
2017 Philipp Reclam jun. GmbH & Co. KG,
Siemensstraße 32, 71254 Ditzingen
Druck und Bindung: Esser printSolutions GmbH,
Untere Sonnenstraße 5, 84030 Ergolding
Printed in Germany 2024
RECLAM ist eine eingetragene Marke
der Philipp Reclam jun. GmbH & Co. KG, Stuttgart
ISBN 978-3-15-015454-0

www.reclam.de

Inhalt

1. Schnelleinstieg

Autor	Bernhard Schlink, geboren am 6. Juli 1944, deutscher Jurist und Schriftsteller
Erscheinungsjahr	1995
Gattung	Roman
Handlung	Der 15-jährige Protagonist Michael Berg beginnt ein Verhältnis mit der 21 Jahre älteren Hanna Schmitz. Neben der sexuellen Komponente spielt die Literatur eine wichtige Rolle: Hanna lässt sich von Michael vorlesen. Nach dem abrupten Ende dieser Beziehung begegnen sich die beiden vor Gericht wieder: Michael beobachtet als Jura-Student einen Prozess, bei dem Hanna als ehemalige Aufseherin im KZ Auschwitz angeklagt wird. Fortan muss er damit zurechtkommen, eine NS-Täterin geliebt zu haben, die an entsetzlichen Verbrechen beteiligt war.
Werkaufbau	Untergliederung in drei Teile: 1. Teil; Kap. 1–17: Kennenlernen und gemeinsame Zeit: Liebesaffäre und Vorlesen 2. Teil; Kap. 1–17: Sieben Jahre später: Prozess gegen Hanna Schmitz 3. Teil; Kap. 1–12: Nach dem Urteil: das Vorlesen setzt wieder ein.

Erzählebenen	Chronologischer Erzählverlauf. Zu unterscheiden sind die Ebenen von »erzählendem Ich« und »erlebendem Ich«. Das »erlebende Ich« ist der Protagonist in jungen Jahren, der noch nicht über das Wissen des sich erinnernden 50-jährigen »erzählenden Ichs« verfügt. Die erzählte Zeit umfasst ca. 25 Jahre. (Erste Begegnung – Prozess nach sieben Jahren – 18 Jahre Haft)

Bernhard Schlinks Roman *Der Vorleser* erreichte unmittelbar nach seiner Publikation im Jahr 1995 Bestseller-Status. Lange Zeit galt der Konsens, dass Schlinks Roman ein gelungener Versuch sei, den Holocaust bzw. dessen Folgen mit Mitteln der Literatur darstellbar zu machen. Im Frühjahr 2002 freilich war es mit der Einigkeit weitgehend vorbei: Sieben Jahre nach dem Erscheinen bezeichneten Kritiker wie Jeremy Adler – britischer Germanistik-Professor und Sohn des Theresienstadt-, Auschwitz- und Buchenwaldüberlebenden H. G. Adler – das Buch als »Kulturpornographie« oder »Schundroman«, der Solidarität mit einer Täterin wecke. Trotz dieser Kontroverse gehört *Der Vorleser*, der in über 40 Sprachen übersetzt wurde, mit Günter Grass' *Die Blechtrommel* und Patrick Süskinds *Das Parfum* weltweit zu den erfolgreichsten Werken der deutschen Nachkriegsliteratur.

Gegenstand des *Vorlesers* sind die Lebenserinnerungen des etwa 50-jährigen Erzählers Michael Berg, der zum Zeitpunkt der Erzählung Jura-Professor ist (eine Parallele zum Autor Bernhard Schlink, die nicht selten zur Gleichsetzung von Schlink und Berg führte): Er, Berg, blickt auf die zentrale Beziehung in seinem Leben zurück, die für ihn im Alter von 15 Jahren begann. Hanna Schmitz, eine um rund 20 Jahre ältere Frau, verführte den damals noch unerfahrenen und mit diesen Ereignissen sichtlich überforderten Michael und pflegte mit ihm in den darauf folgenden Monaten eine ungewöhnliche und intensive Liebschaft, die anfangs auch von Brutalität und Dominanz der 36-Jährigen geprägt war und schließlich für den Erzähler zunächst unerklärlich abrupt endete: Hanna verließ überstürzt die Stadt. Später erst, als Michael Hanna vor Gericht wieder begegnete, von dem sie wegen ihrer Tätigkeit als SS-Aufseherin in Auschwitz und einem anderen Lager angeklagt wurde, vermeint Michael zu erkennen, dass die Grundlage für Hannas Verhalten in jeder Hinsicht ihr Analphabetismus war, den sie unter allen Umständen zu verbergen suchte.

Wichtig bei der Analyse des *Vorlesers* ist die klare Unterscheidung zwischen der Ebene des Romans, dessen Autor Bernhard Schlink ist, und der der Erzählung des fiktiven Ich-Erzählers Michael Berg.[1] Die

1 Die Auseinandersetzung mit dem *Vorleser* sollte damit beginnen, den Unterschied zwischen den Instanzen »Autor« und »Erzähler« bewusst zu machen. Darüber hinaus sollten die klassischen Erzählsituationen nach Franz K. Stanzel (also auch die personale und die auktoriale Erzählsituation als Alternativen zum Ich-Erzähler) bekannt sein.

Kontroverse um den Roman, die in diesem Lektüreschlüssel ansatzweise nachgezeichnet wird, wurzelt nicht selten in der allzu leichtfertigen Gleichsetzung beider Ebenen.

Der Ich-Erzähler treibt mit dem Leser im Rahmen der Erzählung ein komplexes Spiel: Wenn er auch das jeweils Erzählte zum Gegenstand seiner Reflexion macht, die damaligen Ereignisse aus seinem späteren Erfahrungshorizont einordnet, so lässt er auf faktischer Ebene den Leser doch immer nur so viel wissen, wie auch er im Laufe der Ereignisse wissen konnte. Er enthält dem Leser also Informationen vor. Die Enttarnung Hannas als SS-Täterin kommt daher ebenso überraschend wie die Entdeckung ihres Analphabetismus. Die Erzählung dient letzten Endes deutlich einem Ziel: der Entlastung des Ich-Erzählers von seiner eigenen Schuld, eine SS-Täterin geliebt zu haben. Damit verbunden sind jedoch generelle Fragen der Auseinandersetzung mit nationalsozialistischer Schuld und Täterschaft, die allesamt auf der Ebene des Romans – und natürlich weit darüber hinaus – beantwortet werden müssen.

2. Inhaltsangabe

Als der Ich-Erzähler Michael Berg seinen Rückblick verfasst – die Erzählgegenwart liegt in den Neunzigerjahren des letzten Jahrhunderts –, ist Hanna bereits zehn Jahre tot (dies erfährt der Leser aber erst sehr viel später). Bei seinen Rückblenden hält sich der Erzähler überwiegend an die chronologische Abfolge der damaligen Ereignisse.

■ Ich-Erzähler

Erster Teil

Kapitel 1: Der Roman führt *medias in res*[2], indem sich Michael Berg (sein Name wird dem Leser allerdings erst später bekannt) erinnert, wie er als 15-Jähriger an Gelbsucht erkrankte. Das erste Symptom der Krankheit überkommt ihn eines Tages im Herbst auf dem Heimweg von der Schule: Plötzlich muss er sich übergeben. Eine ihm fremde Frau nimmt sich seiner an, wäscht ihm Gesicht und Hände und begleitet ihn nach Hause. Seine Mutter verständigt den Arzt, der Gelbsucht diagnostiziert, und beauftragt Michael später, einen Blumenstrauß zu kaufen und sich damit bei der Unbekannten für deren Hilfsbereitschaft zu bedanken. Der erste Weg nach Besserung seines Gesundheitszustandes im darauffolgenden Frühjahr führt ihn schließlich zu ihr.

■ Medias in res

■ Erste Begegnung mit Hanna

2 lat. ›mitten in die Sache‹; das Gegenteil davon ist ein ab-ovo-Einstieg (lat. ›vom Ei‹, also vom Beginn/Ursprung an).

Kapitel 2: Es folgt eine ausführliche Beschreibung des Hauses in der Bahnhofstraße, vor dem sich Michael übergeben hat. Das Haus, das zum Zeitpunkt des Erzählens nicht mehr steht, beschäftigt ihn auch später immer wieder in seinen Träumen.

Kapitel 3: Michael steht vor der Haustür, er erfährt den Nachnamen seiner Helferin: Schmitz. Nach einer Beschreibung des Treppenhauses und der Wohnung von Frau Schmitz erhält der Leser einen ersten Eindruck von ihrem äußeren Erscheinungsbild.

Hanna erregt Michael sexuell

Kapitel 4: Michael beobachtet Frau Schmitz beim Umziehen. Sie erregt ihn: »Ich konnte die Augen nicht von ihr lassen« (S. 15). Frau Schmitz bemerkt das, der Beobachter errötet und verlässt überstürzt Wohnung und Haus. Auf dem Heimweg ärgert er sich über sein kindliches Verhalten.

Kapitel 5: Michael hat fortgesetzt erotische Träume und Fantasien; er empfindet diese zunächst als verwerflich. Die Erinnerung an Frau Schmitz bestimmt seine Gedanken. Nach dem vergeblichen Versuch, sie zu vergessen, kehrt er eine Woche später wieder zu ihrer Wohnung zurück.

Kapitel 6: An der Wohnungstür angekommen, stellt Michael fest, dass Frau Schmitz nicht zu Hause ist. Er beschließt, vor ihrer Wohnung auf sie zu warten. Als sie schließlich von ihrer Arbeit als Straßenbahnschaffnerin nach Hause kommt, bittet sie ihn, ihr beim Herauftragen der Kohlen behilflich zu sein. Er erfüllt ihre Bitte mehr als bereitwillig. Dabei geschieht ihm ein Missgeschick und Michael kommt völlig verschmutzt aus dem Kohlenkeller. Frau Schmitz lässt ihm ein Bad ein und fordert ihn auf, sich auszuziehen und zu waschen. Nach dem Bad trocknet sie ihn ab – danach kommt es zum von Michael so ersehnten Liebesakt.

Erster Liebesakt

Kapitel 7: Michael kehrt später als erwartet von Frau Schmitz nach Hause zurück, die Familie ist bereits mit dem Abendessen beschäftigt. Daraufhin beschließt er, nach seiner Krankheit endlich wieder zur Schule zu gehen, und fühlt sich darüber hinaus hin- und hergerissen zwischen Altem und Neuem: »Ich hatte Heimweh nach Mutter und Vater und den Geschwistern und die Sehnsucht, bei der Frau zu sein« (S. 32).

Kapitel 8: Michael schwänzt einzelne Schulstunden, um bei Frau Schmitz sein zu können. Das Duschen und Miteinander-Schlafen wird zum Ritual. Er erfährt den vollen Namen der Frau, Hanna Schmitz, und nennt ihr (und damit auch erstmals dem Leser) seinen eigenen.

Ritualisierte Treffen

Kapitel 9: Michael ist stolz auf seine Beziehung zu Hanna. Er beginnt ihr vorzulesen. Dieses neue Ritual tritt fortan zu den bereits etablierten hinzu.

Das Vorlesen beginnt

Kapitel 10: Michael fährt an seinem ersten Ferientag mit der Straßenbahn, um Hanna nah zu sein. Obgleich sich ihre Blicke treffen, nehmen sie keinen weiteren Kontakt zueinander auf. Sie werfen sich im Nachhinein gegenseitig vor, den anderen ignoriert zu haben, was in einen Streit mündet. Obwohl sich Michael keines Fehlers bewusst ist, nimmt er schließlich

Erster Streit

alle Schuld auf sich, als Hanna droht, ihn zurückzuweisen. Auch spätere Auseinandersetzungen verlaufen nach demselben Schema.

Kapitel 11: Michael und Hanna unternehmen eine mehrtägige Fahrradtour. Michael geht eines Morgens ohne Hannas Wissen aus dem Zimmer, um das Frühstück und eine Rose für Hanna zu holen. Als er zurückkommt, ist Hanna derart aufgebracht, dass sie ihn mit ihrem Gürtel schlägt. Ein Zettel mit einer Notiz für sie, den Michael beim Verlassen des Zimmers zurückließ, ist nicht mehr auffindbar.

Kapitel 12: Michael begeht Ladendiebstahl – einmal, um für Hanna ein Geschenk zu ›besorgen‹, ein andermal, um seine kleine Schwester bestechen zu können, damit diese sich bereit erklärt, bei einer Freundin zu wohnen, während die Eltern und die übrigen Geschwister verreist sind, so dass Michael das Haus für sich und Hanna alleine hat.

Kapitel 13: Das neue Schuljahr beginnt, Michael lernt Sophie, eine Mitschülerin, kennen und vergleicht sie mit Hanna.

Begegnung mit Sophie

Kapitel 14: Michaels Leben kreist nicht mehr nur um Hanna. Er geht öfter ins Schwimmbad, wo sich »das gesellschaftliche Leben der Klasse« (S. 70) abspielt.

Kapitel 15: Michaels Verbindung zu den Klassenkameraden intensiviert sich – besonders zu Sophie. Er spricht in diesem Zusammenhang erstmals von Verrat an Hanna.

Kapitel 16: Michael wüsste gerne mehr von Hannas alltäglichem Leben. Seinen Fragen weicht sie jedoch stets aus. Darüber hinaus ist sie in sonderbarer Stimmung. Sie wirkt auf ihn launisch und herrisch, ein gewisser Druck scheint auf ihr zu lasten. Bei einer zufälligen Begegnung im Schwimmbad sehen sie sich zum vorerst letzten Mal.

Kapitel 17: Tags darauf ist Hanna verschwunden. Michael stellt Nachforschungen an, erfährt aber nur, dass Hanna den Wohnort gewechselt hat, ohne eine genaue Adresse hinterlassen zu haben. Michael macht sich Vorwürfe.

■ Hanna verschwindet

Zweiter Teil

Kapitel 1: Michael gewöhnt sich nur langsam an Hannas Abwesenheit. Die Schuldgefühle verlieren sich schließlich, und er nimmt – räumlich wie auch emotional – Abstand von ihr, bewältigt jedoch die Erinnerung nicht, sondern verdrängt sie nur. Er schläft mit Sophie, wobei es ihm allerdings nicht um ihre Person geht. Aus Verlegenheit, wie er es nennt, studiert er nun Jura.

Kapitel 2: Michael sieht Hanna überraschend in einem KZ-Prozess als Angeklagte im Gerichtssaal wieder. Das Seminar, an dem Michael teilnimmt, analysiert den Prozessverlauf.

■ Wiedersehen im Gericht

Kapitel 3: Hanna wird vernommen. Man erfährt von Hannas Mitgliedschaft in der SS und ihrer damit verbundenen Tätigkeit im KZ Auschwitz und in einem Lager bei Krakau. Michael versucht, sich von

■ Hanna war bei der SS

Hanna zu distanzieren, und will einer Konfrontation aus dem Weg gehen.

Kapitel 4: Michael verpasst keinen Tag der Gerichtsverhandlungen und ist wie betäubt. Er beschreibt die Ereignisse als »Einbruch des Schrecklichen in den Alltag« (S. 98) und überlegt, wie die Nachgeborenen mit dem Holocaust umgehen sollen.

Kapitel 5: Die Anklageschrift wird verlesen. Den Angeklagten wird zur Last gelegt, Selektionen durchgeführt zu haben und am Tod von Häftlingen während der »Evakuierung« des Lagers schuldig zu sein. Es gab nur zwei Überlebende dieses Todesmarsches, die nun als Zeugen geladen sind.

Kapitel 6: Obwohl sie die Anklageschrift unterschrieben hat, wehrt sich Hanna gegen die Vorwürfe. Sie verteidigt sich im Ganzen sehr ungeschickt.

■ Andere Angeklagte belasten Hanna

Kapitel 7: Die anderen Angeklagten und deren Verteidiger wissen Hannas ungeschicktes Vorgehen für sich zu nutzen. Indem sie ihr alle Verantwortung zuschieben, belasten sie Hanna und entlasten sich selbst. Eine Zeugin sagt aus, Hanna habe Häftlinge begünstigt, die ihr vorlasen. Hanna äußert sich dazu nicht.

Kapitel 8: Michael liest die autobiografischen Aufzeichnungen einer der Überlebenden des Todesmarsches. Der Alltag der Häftlinge im Lager und auf dem Todesmarsch sowie das Ereignis, das zum Tod der übrigen Häftlinge führte, werden darin geschildert.

Kapitel 9: Bis auf Hanna streiten die Angeklagten die ihnen zur Last gelegten Taten ab. Eine von ihnen beschuldigt Hanna, einen Bericht verfasst zu haben, der nun alle Angeklagten belastet. Hanna bestreitet dies zunächst; als der Richter jedoch ihre Handschrift mit der in dem Bericht vergleichen lassen will, reagiert sie alarmiert und gibt zu, den Bericht aufgesetzt zu haben.

Kapitel 10: Michael erkennt plötzlich, dass Hanna Analphabetin sein muss. Er versucht, sich Hannas Verhalten in den verschiedenen Abschnitten ihres Lebens damit zu erklären.

■ Hanna ist Analphabetin

Kapitel 11: Hanna gibt ihre Verteidigung auf. Michael kämpft mit sich, ob er dem Richter mitteilen soll, dass Hanna Analphabetin ist, um sie zu entlasten.

Kapitel 12: Michael redet mit seinem Vater über dieses Problem. Er verwirft daraufhin den Gedanken, mit dem Richter oder Hanna zu sprechen.

Kapitel 13: Michael stellt sich Hanna als Aufseherin in einem KZ vor und vergleicht diese Bilder mit der Hanna, die er begehrt und geliebt hat. Die Eindrücke überlagern sich teilweise. Des Weiteren berichtet er davon, was zur Zeit des Prozesses vom Holocaust bekannt war, wie sich diese Situation verändert hat und welche Folgen daraus erwachsen.

Kapitel 14: Per Anhalter fährt Michael zur Gedenkstätte des ehemaligen KZ Natzweiler-Struthof im Elsass. Er wird u.a. von einem Mann mittleren Alters mitgenommen. Dieser berichtet ihm von Judenerschießungen während des Zweiten Weltkriegs und führt Gleichgültigkeit als Mordmotiv an. Als Michael fragt, ob der Fahrer selbst an solchen Mordaktionen

■ Begegnung mit einem möglichen Täter

beteiligt war, wird er von diesem des Wagens verwiesen.

Kapitel 15: Michael erinnert sich, wie er das KZ Struthof ein zweites Mal besichtigt – Jahre nach seinem ersten Besuch. Es ist ihm nicht möglich, eine Verbindung zwischen den damaligen Ereignissen und der heutigen Gedenkstätte herzustellen. Er schildert außerdem sein Dilemma, Hannas Verbrechen gleichzeitig verstehen und verurteilen zu wollen.

Kapitel 16: Michael entschließt sich doch noch, mit dem Richter zu reden. Die Ursache für Hannas Verhalten vor Gericht kommt jedoch nicht zur Sprache.

■ Lebenslänglich für Hanna

Kapitel 17: Hanna wird zu lebenslanger Haft verurteilt, die anderen Angeklagten zu kürzeren Gefängnisstrafen. Hanna zeigt keine Regung bei der Verkündung des Urteils.

Dritter Teil

Kapitel 1: Michael lässt die Eindrücke des Prozesses nicht an sich heran. Er beendet sein Studium und beginnt das Referendariat, als 1968 die Studentenrevolten einsetzen. In diesem Zusammenhang spricht Michael über den Generationenkonflikt und den zeitgenössischen Umgang mit der nationalsozialistischen Vergangenheit der Elterngeneration, wobei er gravierende Unterschiede zwischen sich und den anderen Studenten feststellt.

Kapitel 2: Als Referendar heiratet Michael Gertrud, die er während eines Skiurlaubs kennengelernt hat. Sie haben eine gemeinsame Tochter, Julia. Als diese fünf Jahre alt ist, scheitert die Ehe. Michaels Verhältnis zu Hanna, von der er seiner Frau nie erzählte, spielt dabei – genau wie in späteren Beziehungen – eine Rolle.

Michaels Ehe mit Gertrud

Kapitel 3: Mit Unbehagen geht Michael zur Beerdigung des Professors, der seinerzeit das »KZ-Seminar« (S. 167) leitete.

Kapitel 4: Nach dem Referendariat fällt es Michael schwer, sich für einen Beruf zu entscheiden. Schließlich nimmt er eine Stelle am Institut für Rechtsgeschichte an.

Michael wird Rechtshistoriker

Kapitel 5: Da die Erinnerung an Hanna Michaels ganzes Leben dominiert, liest er Texte für sie ein und zeichnet die Lesungen auf Kassetten auf. Er überlegt, einen distanzierten Kontakt zu ihr herzustellen. Zunächst zögert er noch, entschließt sich aber letztlich, Hanna die Kassetten ins Gefängnis zu schicken. Das Vorlesen wird schließlich wieder zum Ritual.

Das Vorlesen geht weiter

Kapitel 6: Michael erhält von Hanna mehrere Grüße aus dem Gefängnis. Es macht ihn froh, zu sehen, dass Hanna nun doch lesen und schreiben gelernt hat. Er bezeichnet es als einen »Schritt aus der Unmündigkeit zur Mündigkeit« (S. 178). Er selbst schreibt ihr jedoch nie zurück.

Hanna lernt lesen und schreiben

Kapitel 7: In einem Brief der Leiterin des Gefängnisses erfährt Michael von Hannas anstehender Entlassung. Er wird, da er der Einzige ist, zu dem Hanna Kontakt pflegt, zu einem Gespräch ins Gefängnis gebeten. Michael beharrt zunächst auf seiner Distanz.

Kapitel 8: Michael besucht Hanna schließlich doch im Gefängnis. Sie teilt ihm bei dieser Gelegenheit mit, dass sie erst dort von der Vergangenheit eingeholt wurde. Michael verspricht ihr, sie in der nächsten Woche bei ihrer Entlassung abzuholen.

Kapitel 9: Michael bereitet Hanna eine Wohnung für ihren Einzug vor.

Hanna bringt sich um

Kapitel 10: Hanna hat sich am Tag ihrer Entlassung erhängt. Die Leiterin der Haftanstalt führt Michael zu ihrer Zelle. Dort entdeckt er u. a. Werke der Holocaustliteratur sowie wissenschaftliche Abhandlungen über Konzentrationslager und den Eichmann-Prozess (vgl. S. 38 im vorliegenden Band). Hanna hatte außerdem verfügt, dass ihr Vermögen der Überlebenden des Todesmarsches zukommen soll, die im Prozess ausgesagt hatte.

Hannas Geste wird zurückgewiesen

Kapitel 11: Michael führt Hannas letzten Willen nach einiger Zeit aus und besucht die Überlebende in New York. Diese lehnt es jedoch ab, das Geld entgegenzunehmen, da ihr dies einer Absolution gleichkäme, die sie weder erteilen kann noch will. Sie einigen sich, das Geld einer jüdischen Organisation gegen Analphabetismus zukommen zu lassen.

Kapitel 12: Michael denkt abschließend über seine Vergangenheit mit Hanna nach und macht sich Gedanken darüber, in welcher Form er diese Geschichte erzählen könnte. Er stellt fest, dass die vorgetragene Version jene ist, die ihn nicht »traurig« (S. 206) mache. Die Geschichte sei in der vorliegenden Gestalt »rund« (ebd.).

3. Figuren

Hauptfiguren

Michael Berg

Der Protagonist und Ich-Erzähler **Michael Berg** ist in der Erzählgegenwart Jura-Professor an einer deutschen Universität mit dem Arbeitsschwerpunkt Rechtsgeschichte. Er blickt auf seine bemerkenswerte Liebesbeziehung zu einer viel älteren Frau, Hanna Schmitz, zurück. Die Beziehung und die Erzählung beginnen, als Michael 15 Jahre alt ist und das Gymnasium besucht. Er befindet sich zu dieser Zeit mitten in der Pubertät und zeigt die gängigen Verhaltensmuster: Er fühlt sich unsicher und nichtsnutzig – das kleinste Scheitern führt zur Selbstabwertung:

> »Ich hatte zu lange Arme und zu lange Beine [...] für die Koordination meiner Bewegungen. Meine Brille war ein billiges Kassenmodell und mein Haar ein zauser Mop [...]. In der Schule war ich nicht gut und nicht schlecht [...]. Ich mochte nicht, wie ich aussah, wie ich mich anzog und bewegte, was ich zustande brachte und was ich galt.« (S. 39)

Hanna Schmitz lernt er durch einen Zufall kennen. Seine Beziehung zu ihr gibt ihm einerseits Selbstständigkeit und Selbstvertrauen: »Die Mädchen, denen ich begegnete, merkten und mochten, daß ich keine Angst vor ihnen hatte. Ich fühlte mich in meinem Körper wohl.« (S. 41) Andererseits erweist sich sein

Verhältnis zu der um 21 Jahre älteren Frau als prägend für sein ganzes Leben und stellt sich auch als leidvolle Erfahrung heraus: Michael ist dieser Frau – zumindest zeitweise – geradezu hörig, dem Verhältnis zu ihr ordnet er alles andere unter. Nach Hanna beschließt Michael, »niemanden mehr so [zu] lieben, daß ihn verlieren weh tut« (S. 84). Der Protagonist vergleicht fortan jede Frau, mit der er eine Beziehung führt, mit seiner ersten Liebe. Keine kann diesem Vergleich standhalten. Er wird faktisch bindungsunfähig.

Die Entdeckung Hannas als Verbrecherin erklärt seine im zweiten Teil vorhandene Distanz ihr gegenüber: »Ich wollte sie weit weg von mir haben, so unerreichbar, daß sie die bloße Erinnerung bleiben konnte, die sie in den vergangenen Jahren für mich geworden und gewesen war.« (S. 93) Michael distanziert sich von ihr, weil er meint, durch die Liebe zu einer KZ-Aufseherin mitschuldig geworden zu sein. Distanz ist freilich das allgemeine Kennzeichen von Michaels sozialen Verbindungen: Auch zu seinen Kommilitonen gibt es aus unterschiedlichen Gründen kaum Nähe. Zentral ist allerdings auch hier seine persönliche Erfahrung mit einer NS-Verbrecherin:

> »Was das dritte und eigentliche Thema der Studentenbewegung anging, die Auseinandersetzung mit der nationalsozialistischen Vergangenheit, spürte ich eine solche Distanz zu den anderen Studenten, daß ich nicht mit ihnen agitieren und demonstrieren wollte.« (S. 160)

Die Konfrontation mit Hanna symbolisiert in der Erzählung die Konfrontation mit der Vergangenheit, Michael Berg steht *pars pro toto*[3] auch für die erste deutsche Nachkriegsgeneration, die vom Umgang mit der Vergangenheit überfordert wird:

> »Ich war Zuschauer gewesen und plötzlich Teilnehmer geworden, Mitspieler und Mitentscheider. Ich hatte diese neue Rolle nicht gesucht und gewählt, aber ich hatte sie, ob ich wollte oder nicht.« (S. 131)

Nicht nur für Michael wird die Auseinandersetzung mit dem NS-Regime besonders problematisch, weil sie einhergeht mit der Liebe zu einem nahestehenden Menschen: »Ich wollte Hannas Verbrechen zugleich verstehen und verurteilen.« (S. 151)

Michaels Verhältnis zu Hanna im dritten Teil der Erzählung ist schließlich von einer distanzierten (Wieder-)Annäherung gekennzeichnet. Im Gegensatz zu der Zeit ihrer Liebesbeziehung ist es nun Michael, der bestimmt, in welcher Form sich sein und Hannas Verhältnis zueinander gestaltet. Er nimmt zwar nach acht Jahren wieder Kontakt zu ihr auf, indem er ihr mit Literatur besprochene Kassetten sendet, reagiert aber nicht auf ihre Grüße und besucht sie erst nach 18 Jahren, kurz vor ihrer geplanten Haftentlassung: »Ich hatte Hanna eine kleine Nische zugebilligt, durchaus eine Nische, die mir wichtig war, die

3 lat. ›ein Teil [steht] für das Ganze‹.

mir etwas gab und für die ich etwas tat, aber keinen Platz in meinem Leben.« (S. 187) Letztlich ist es jedoch wiederum Hanna, die durch ihren Selbstmord den Zeitpunkt für das Ende jeglichen Kontaktes bestimmt.

Hanna Schmitz

Die Figur der **Hanna Schmitz** steht sinnbildlich für die Generation, die als Täter direkt in den Nationalsozialismus verstrickt war. Nahezu alles an ihr ist durchschnittlich: ihr Erscheinungsbild, ihre Wohnung, ihr Nachname, ihr Beruf. Für ihre Verwicklung in das NS-System gilt dies nicht ganz: Als SS-Aufseherin in Auschwitz gehört sie zu den am Geschehen direkt beteiligten Tätern des Holocaust. Da man aber von ihrer Tätigkeit dort nur wenig erfährt, ist ihre SS-Karriere im Roman ebenso überwiegend symbolisch zu verstehen: Hanna wird zwar auf diese Weise eindeutig als Direkt-Täterin gekennzeichnet, ihre Karriere im »Dritten Reich« bleibt aber dennoch auch typisch.

In der Beziehung zu Michael beherrscht sie ihn in jeglicher Hinsicht: »Wir hatten keine gemeinsame Lebenswelt, sondern sie gab mir in ihrem Leben den Platz, den sie mir geben wollte.« (S. 75) Über ihr Leben teilt Hanna Schmitz dem Erzähler – und somit auch dem Leser – nur das mit, was sie ihm mitteilen möchte, und keinesfalls all das, was er zu wissen begehrt. Michael erfährt so, dass Hanna in Siebenbürgen geboren wurde, danach in Berlin lebte, Arbeiterin bei Siemens wurde und im Alter von 21 Jahren »zu den Soldaten geraten« (S. 40) war. »Das alles erzählte sie, als sei es nicht ihr Leben, sondern das Leben eines anderen, den sie nicht gut kennt und der sie nichts angeht.« (S. 40)

Erst im Kontext des Prozesses erhält der Ich-Erzähler ein deutlicheres Bild von Hannas Vergangenheit: Sie trat 1943 freiwillig in die SS ein, wurde 1944 Aufseherin in Auschwitz und 1944/45 in einem Lager bei Krakau.

Der Grund für Hannas merkwürdiges Verhalten im Prozess eröffnet sich dem Leser, als Michael erkennt, dass sie Analphabetin sein muss. Der Erzähler findet darin das für ihn gültige und notwendige Erklärungsmuster für Hannas gesamtes Handeln. Nicht zuletzt dadurch entsteht das problematische Bild einer NS-Täterin, die zugleich auch Opfer ist.

Im Gefängnis bringt sich Hanna schließlich Lesen und Schreiben bei. Erst jetzt wird sie von ihrer Vergangenheit wirklich eingeholt. Sie beschäftigt sich mit wissenschaftlichen Abhandlungen über den Holocaust, sie liest Erinnerungsberichte ehemaliger KZ-Häftlinge und die Aufzeichnungen von Rudolf Höss, dem langjährigen Kommandanten des KZ Auschwitz. Erst jetzt versteht sie, ihre damaligen Handlungen und deren Folgen richtig einzuordnen. Zum Zeitpunkt ihres Todes erscheint sie im Roman als geläuterte Person, die die toten und überlebenden Opfer um Vergebung bittet.

Nebenfiguren

Michaels Vater

Michaels Vater war Professor für Philosophie, bevor er nach der Ankündigung einer Vorlesung über den jüdischen Philosophen Spinoza unter Hitler seine Stelle verlor und sich fortan als Lektor eines Verlages für Wanderkarten und -bücher durchschlug. Denken, Lesen, Schreiben und Lehren sollen seine Lebensinhalte gewesen sein – zum Leidwesen von Michael, der sich wünschte, das Verhältnis zwischen Vater und Kindern wäre weniger distanziert gewesen.

Michaels Mutter

Michaels Mutter wird hingegen als besorgte, verwöhnende und auf Anstand achtende Hausfrau porträtiert und bildet in dieser Rolle auch einen Kontrast zu den anderen Frauen im Roman. An einer signifikanten Stelle wird sie indirekt mit Hanna in Beziehung gesetzt: Unmittelbar nachdem Michael vom ersten Sex mit Hanna berichtet, der durch ein Bad eingeleitet wurde, erinnert er sich an eine Szene aus seiner Kindheit: Auch hier wird er gebadet – diesmal aber von seiner Mutter. Während diese Szene seine Mutter als fürsorglich kennzeichnet, sagt sie indirekt aber auch etwas über Michaels Verhältnis zu Hanna aus. Es wird vom Ich-Erzähler unbewusst selbst als ödipal gekennzeichnet: Nach Sigmund Freud begehrt nämlich jedes Kind unbewusst den gegengeschlechtlichen Elternteil auch sexuell (sog. Ödipuskomplex); erst in der Pubertät wird dieses Verlangen überwunden, indem jemand außerhalb der Familie begehrt wird, der *wie* der begehrte Elternteil ist. In genau diesem Übergang scheint sich Michael zu befinden, allerdings deutlich radikaler als seine Mitschüler, bei denen das Begehren wohl eher auf gleichaltrige Menschen übertragen wird.

Michaels Geschwister

Die **ältere Schwester des Erzählers** studiert Germanistik, ihr vertraut er seine Kindheitserlebnisse an.

Als jüngstes von vier Kindern muss die **jüngere Schwester** ihre Position in der Familie behaupten. Sie ist frech und unkonventionell, was sich auch darin ausdrückt, dass sie manchmal trampt und Michael veranlasst, Ladendiebstahl zu begehen.

Der um drei Jahre **ältere Bruder** lebt in ständiger Rivalität mit Michael und war ihm schon immer in allen Belangen überlegen.

Gertrud

Michaels (Ex-)Frau Gertrud ist zunächst seine Kommilitonin – auch sie ist Juristin. Der Erzähler lernt sie auf einer Skihütte kennen. Sie wird als »gescheit, tüchtig und loyal« (S. 164) beschrieben. Michael vergleicht ihre Ehe mit seiner Beziehung zu Hanna, findet jedoch keine Gemeinsamkeiten. Der Versuch, sich mental endgültig von Hanna zu befreien, scheitert. Als die gemeinsame Tochter Julia fünf Jahre alt ist, lassen sich Michael und Gertrud scheiden.

Julia

Ihre Tochter Julia leidet unter der Scheidung ihrer Eltern und lebt danach im Internat.

Helen, Gesina, Hilke

Helen, **Gesina** und **Hilke** sind – nach seiner Scheidung von Gertrud – allesamt Partnerinnen von Michael. Ihnen erzählt er von Hanna, meint jedoch, sie seien an dieser Angelegenheit nicht sonderlich interessiert gewesen. An ihnen exemplifiziert sich im Roman das allgemeine Desinteresse an der NS-Vergangenheit, aber ebenso Michaels Bindungsunfähigkeit.

Freunde, Sophie

Unter den Freunden und Mitschülern nimmt **Sophie** – als Kontrastfigur zu Hanna – eine besondere Stellung ein. Michael schläft mit ihr, ohne wirklich an einer ernsthaften Partnerschaft interessiert zu sein. Sie wird als attraktiv beschrieben: »Braunhaarig, braunäugig, sommerlich gebräunt, mit goldenen Härchen auf den nackten Armen.« (S. 64)

Matthias, Rudolf Bargen, Holger Schlüter

Namentlich erwähnt werden außerdem Michaels Freund **Matthias** sowie **Rudolf Bargen** (»ein schwergewichtiger, ruhiger, verläßlicher Schach- und Hockeyspieler«, S. 64), zu dem der Erzähler in der alten Klasse kaum Kontakt hatte, der ihm später aber ein guter Freund ist, und **Holger Schlüter**, der sich wie Michael für Geschichte und Literatur interessiert. Die beiden Letztgenannten dienen im Roman lediglich zur Illustration, dass Michael kein völliger Außenseiter ohne Freunde ist.

Kommilitonen

Unter den **Kommilitonen** des Jura-Studiums entwickelt sich zunächst eine starke Gruppenidentität, was sich durch Michaels selbst gewählte Distanz zumindest zwischen ihm und der Gruppe ändert. Die Mitglieder sehen sich als »Avantgarde der Aufarbeitung« (S. 87), die – mit Ausnahme von Michael – die Generation der Eltern generell verurteilt. Die Gruppe steht hier stellvertretend für die summarischen und wenig differenzierten Urteile der 1968er-Generation. Einen **namenlos bleibenden Teilnehmer des »KZ-Seminars«** trifft Michael auf der Beerdigung seines Professors später wieder. Der ehemalige Kommilitone war zunächst Anwalt, ist inzwischen aber Kneipier. Er will nach all den Jahren von Michael wissen, warum er im Prozess so offensichtlich an Hanna interessiert gewesen sei. Michael weicht dieser Frage aus, indem er zur Straßenbahn rennt und den Kommilitonen stehen lässt.

■ Seminarteilnehmer/Kneipier

Der **Professor**, der das »KZ-Seminar« leitet, wird als einer der wenigen beschrieben, die damals über die Nazi-Vergangenheit und die einschlägigen Gerichtsverfahren arbeiteten. Michaels Beschreibung – »ein alter Herr, aus der Emigration zurückgekehrt, aber in der deutschen Rechtswissenschaft ein Außenseiter geblieben« (S. 86 f.) – charakterisiert die Einstellung des Professors zum Nationalsozialismus, aber auch das Desinteresse seiner Kollegen und der Gesellschaft an seinem Tun. Er hat sich schließlich den »Zwängen der Gesellschaft entzogen und dabei den Kontakt mit ihr verloren« (S. 169).

■ Professor

Für den **Richter** im Prozess gegen Hanna ist die Vergangenheitsbewältigung ausschließlich professioneller Natur. Deutlich wird dies, als Hanna ihn fragt, wie er denn gehandelt hätte: »Die Antwort des Richters wirkte hilflos, kläglich.« (S. 107 f.) Der Richter steht im Roman einerseits für die offizielle moralische

■ Richter

Grundlinie der Gesellschaft nach dem Nationalsozialismus, andererseits bleibt seine eigene Rolle während des NS-Regimes weitgehend nebulös – erfährt man doch nur, dass er reinen Gewissens zu sein scheint. Über sein Alter (und damit über die Möglichkeit, in das NS-Regime verstrickt gewesen sein zu können) hingegen wird der Leser im Dunkeln gelassen: »Er war gerne Jurist und Richter, und wenn er, was er gemacht hatte, noch mal machen müßte, würde er es ebenso machen.« (S. 154)

Angeklagte

Die **übrigen Angeklagten**, allesamt Frauen, grenzen sich aus Michaels Sicht von Hanna ab. Sie nutzen deren Verhalten für sich, schieben ihr alle Verantwortung zu und zeigen die typischen Verhaltensmuster von realen Angeklagten in Prozessen gegen ehemalige Angehörige der SS.

Anwälte

Hannas Verteidiger ist Pflichtverteidiger und der einzige junge Mann in dieser Gruppe, die anderen Verteidiger stellen sich meist als alte Nazis heraus. Hannas Verteidiger vermeidet deren Jargon und Thesen, ist jedoch »von einem hastigen Eifer, der seiner Mandantin ebenso schadete wie die nationalsozialistischen Tiraden seiner Kollegen deren Mandantinnen.« (S. 92)

Die **Mutter**, die den Todesmarsch, der im Prozess verhandelt wird, überlebt hat, wird nicht ausführlich beschrieben. Sie kommt nicht als Zeugin nach

Deutschland zurück, sondern bleibt in Israel, wo sie vom Gericht befragt wird.

Zeugen

Ihre **Tochter** wohnt dagegen in Amerika. »Alles an ihr wirkte sachlich, Haltung, Gestik, Kleidung. Das Gesicht war eigentümlich alterslos.« (S. 200) Genau wie sie als Person sind auch ihre Erinnerungen an Lager und Todesmarsch, die sie in einem als Buch veröffentlichten Erinnerungsbericht festhielt, Michaels Auffassung nach von Nüchternheit gekennzeichnet und laden nicht zur Identifikation ein. Als Michael Hannas letzten Willen ausführt, kann und möchte sie Hanna keine Absolution erteilen. Michael gegenüber zeigt sie sich mitfühlend, indem sie Hannas Verhalten ihm gegenüber verurteilt.

Mercedes-Fahrer

Der **Mercedes-Fahrer**, der Michael als Anhalter auf dem Weg in die KZ-Gedenkstätte Struthof mitnimmt, bezeichnet Gleichgültigkeit als einziges Mordmotiv für die Täter in den Lagern und anderswo. Alle anderen Gründe – so auch der berühmte Befehlsnotstand[4] – gelten ihm nichts. Seine Unterhaltung mit Michael ist jedoch nur von kurzer Dauer: Er will sich nicht wirklich mit seiner eigenen Rolle im Nationalsozialismus auseinandersetzen. Michael wird von ihm des Wagens verwiesen, als er ihn mit eben dieser Vergangenheit konfrontiert und dabei vermutet, dass der

4 Bezeichnet die Situation für einen Befehlsempfänger, in der er Befehle ausüben muss, die er eigentlich moralisch nicht vertreten kann.

Fahrer höchstwahrscheinlich an Erschießungen von Juden beteiligt war.

Gefängnisleiterin

Die **Leiterin der Haftanstalt** ist »eine kleine, dünne Frau mit dunkelblonden Haaren und Brille. Sie wirkte unscheinbar, bis sie zu reden begann, mit Kraft und Wärme und strengem Blick und energischen Bewegungen der Hände und Arme.« (S. 192) Sie hat im Strafvollzug einen guten Ruf, und die von ihr geführte Anstalt gilt als Mustereinrichtung. Ihr Anliegen, Michael solle sich nach Hannas Entlassung ein wenig um diese kümmern, verdeutlicht, dass ihr die Resozialisierung Hannas wichtig ist.

4. Form und literarische Technik

Der Vorleser ist in zwei Ebenen untergliedert: **Drei Teile**, die wiederum in **Kapitel** unterteilt sind, strukturieren die Erzählung. In jedem dieser Teile tritt die vom Ich-Erzähler erinnerte Beziehung zu Hanna Schmitz in eine neue Phase – signifikanterweise beginnen sowohl der erste als auch der letzte Teil jeweils mit einer Erkrankung von Michael Berg und markieren somit auch das Verhältnis der beiden Protagonisten als generell pathologisch. Der **mittlere Teil** enthält die Anklage gegen Hanna und steht somit im doppelten Sinne im Zentrum der Erzählung.

■ Drei Teile, Zentrum: Anklage

Im Verlauf der drei Teile nähern sich **erzählendes Ich** und **erlebendes Ich** zeitlich immer weiter an. Die Erzählung bleibt dabei weitgehend chronologisch und blendet nur selten in die unmittelbare Erzählgegenwart über. Die **erzählte Zeit**[5] umfasst einen Zeitraum von rund 25 Jahren: Die Affäre zwischen Hanna und Michael beginnt, als der Erzähler 15 Jahre alt ist. Sie dauert einige Monate, ehe Hanna überstürzt die Stadt verlässt. Nach sieben Jahren sehen sie sich vor Gericht wieder, und nach 18 Jahren Haft bringt sich Hanna am Tag ihrer Entlassung schließlich um. Zum

■ Erzählendes / erlebendes Ich

■ Erzählte Zeit

5 Man unterscheidet die erzählte Zeit, also jene Zeit, die in der Erzählung verstreicht, von der Erzählzeit, die benötigt wird, um eine Geschichte zu erzählen. Ist die erzählte Zeit umfangreicher als die Erzählzeit, handelt es sich insgesamt um eine geraffte Erzählung. Verhält es sich umgekehrt, ist die Erzählung gedehnt. Nähern sich beide ungefähr an, spricht man von zeitdeckendem Erzählen.

Zeitpunkt des Erzählens liegt dies bereits zehn Jahre zurück (der Leser kann daraus schließen, dass Michael in der Erzählgegenwart Anfang 50 ist).

Michael Berg interpretiert seine Beziehung zu Hanna prinzipiell von seinem gegenwärtigen Standpunkt aus; er versucht nicht, sich völlig in die damalige Zeit zurückzuversetzen. Freilich: Im Verlaufe der Erzählung gibt der Erzähler immer nur so viel preis, wie auch sein damaliger Wissensstand es zuließ. Dies erzeugt nicht selten die für die Erzählung so charakteristischen **Überraschungsmomente** für den Leser: Deshalb bleibt Hanna so lange »Frau Schmitz«, bis auch Michael ihren Vornamen in der Erzählung erfährt, und Hannas Täterschaft im »Dritten Reich« wird dem Rezipienten ebenso spät entdeckt wie ihr Analphabetismus, der erst zur Sprache kommt, als auch Michael in der Erzählung diese Vermutung hegt. Nur selten gerät der eher distanziert wirkende Erzähler in die eigene Erzählung hinein: So etwa, als er sich daran erinnert, wie er Hanna und ihrem Verteidiger im Prozess habe zurufen wollen, dass Hannas Entscheidung, die schwachen und zarten Mädchen im KZ zu sich zu nehmen, eine humane Entscheidung gewesen sei (vgl. S. 113). Aus der Schilderung seiner damaligen Gedanken entsteht hier unvermittelt ein offenbar tief aus der Seele kommender, gegenwärtiger Ausruf Michaels (das Erzähltempus wechselt vom Präteritum ins Präsens), der seine Verzweiflung über Hannas Taten illustriert.

■ Überraschungsmomente

Michael Berg erweist sich im Verlaufe der Erzählung als ein auf faktischer Ebene **verlässlicher Er-**

zähler: Einmal Gesagtes nimmt er nicht wieder zurück, und der Leser muss nicht fürchten, dass ihm der Erzähler bewusst Unwahrheiten auftischt. Und doch: Letztlich sind Michaels Interpretationen seiner Beziehung zu Hanna und auch ihrer Täterschaft durch ein Ziel gekennzeichnet. Er will mit der von ihm tief empfundenen Schuld, eine SS-Täterin geliebt zu haben, zurechtkommen und die für ihn lebenslang belastende Beziehung endgültig einordnen. Dass ihm dies mit der Erzählung dennoch nicht völlig gelingt, wie er selbst am Ende einräumt (vgl. S. 205 f.), ist dabei unerheblich: Die vorgetragene Version ist zumindest jene, mit der er am besten leben kann. Was bedeutet dies jedoch für den Leser? Er sollte Michael als einen »inadäquaten Erzähler« (der Begriff stammt von dem britischen Literaturwissenschaftler John Mullan[6]) begreifen, der dem eigenen Erlebten emotional auch zehn Jahre nach Hannas Tod nicht wirklich gewachsen und gegen dessen Urteile nicht selten Einspruch durch den Leser geboten ist. Man sollte die bereits erwähnte pathologische Natur des Verhältnisses zwischen Michael und Hanna, auf die im Text mehrmals und unterschiedlich verwiesen wird, in diesem Zusammenhang sehr ernst nehmen.

■ Erzählerfigur

6 Mullan meint damit eigentlich einen Ich-Erzähler, »that requires the reader to supply what the narrator cannot understand« (John Mullan, *How Novels Work*, Oxford 2006, S. 50). Sein Konzept erläutert Mullan an dem autistischen Ich-Erzähler Christopher in Mark Haddons *The Curious Incident of the Dog in the Night-Time* (London 2003; dt. *Supergute Tage* oder *Die sonderbare Welt des Christopher Boone*).

Erzählerische Techniken

Die **erzählerischen Techniken**, die eingesetzt werden, sind weitgehend konventionell: Außer bei den bereits erwähnten Überraschungsmomenten erzeugt der Erzähler nur selten wirklich (situative) Spannung, wie etwa in jener Szene, als Hanna den Richter erstmals fragt, wie er denn gehandelt hätte (vgl. S. 107). Durch Zeitdehnung (der Erzählvorgang dauert hier länger als das erzählte Ereignis, vgl. S. 33 im vorliegenden Band, Anmerkung 5) wird dem Leser die Signifikanz der Antwort des Richters deutlich gemacht.

In der Erzählung kommt auch nur selten **szenische Darstellung**[7] zur Anwendung: Lediglich bei der Schilderung des Prozesses greift der Erzähler häufiger auf wörtliche Rede zurück; der Rest des Romans ist gekennzeichnet durch viele reflexive Passagen und zusammenfassende (zeitraffende) Erzählstücke. Damit erhält die Erzählung einen ruhigen Grundton, sie wirkt gesetzt und scheint – trotz des außergewöhnlichen Inhalts – durchdacht und die erzählten Ereignisse weitgehend bewältigt. Die vielen im Text verwendeten (rhetorischen) Fragen unterstützen diesen ersten Eindruck nachhaltig, wird der Leser durch diese doch scheinbar am Prozess der Interpretation beteiligt.

7 Die szenische Darstellung in epischen Texten zeichnet sich v. a. dadurch aus, dass sie unmittelbar und zeitdeckend wirkt. Oft werden dazu Figuren-Dialoge verwendet. Andere Formen der Erzählerrede sind der (raffende) Bericht, der Kommentar oder die Beschreibung.

5. Quellen und Kontexte

Die (literarische) Auseinandersetzung mit dem Holocaust ging in der jungen Bundesrepublik Deutschland nur schleppend vonstatten, um nicht zu sagen, sie fand – abgesehen von (allerdings hunderten) Erinnerungstexten der Opfer (auch in Zeitungen), die jedoch kaum Beachtung fanden, und etwa den Gedichten der jüdischen Schriftstellerin Nelly Sachs, die erst sehr spät rezipiert wurden – in der unmittelbaren Nachkriegszeit fast nicht statt. Stattdessen dominierte die sogenannte »Heimkehrerthematik« die deutsche Literatur, bei der es um die schrecklichen Erlebnisse der Kriegsheimkehrer oder der entlassenen Kriegsgefangenen und ihre schwierige Integration in die deutsche Nachkriegsgesellschaft ging. Auch widmeten sich die Literaten intensiv der Trümmerwüste, in die vor allem Deutschlands Städte verwandelt worden waren (sog. »Trümmerliteratur«). Als Beispiele seien hier Wolfgang Borcherts Kurzgeschichten (etwa *Nachts schlafen die Ratten doch*, 1947) oder sein Drama *Draußen vor der Tür* (1947) genannt. Neben der Tatsache, dass das Thema des Massenmords an den Juden in allen Medien nicht wirklich im Zenterum stand, gab es aufseiten der Literaten andere substanzielle Vorbehalte gegen eine konkrete Beschreibung des Holocaust. Viele Mitglieder der Gruppe 47 etwa, einer losen, aber äußerst einflussreichen literarischen Vereinigung von Schriftstellern und Kritikern, hielten es für unmöglich, das Elend und das Ausmaß des Leids in den Kon-

Heimkehrerthematik vorherrschend

Angst vor Kolportage

zentrationslagern in Texten auszudrücken, ohne dass diese zur Kolportage[8] gerieten. Überhaupt saß das Misstrauen gegen eine vom Nationalsozialismus missbrauchte Sprache bei diesen Schriftstellern tief. Sie vertraten daher die Ansicht, man könne literarisch nur durch eine unpathetische, im Wortschatz massiv reduzierte, karge Sprache wirken (sog. »Kahlschlagliteratur«). Darüber hinaus wurde eine Äußerung des Philosophen Theodor W. Adorno, mit der er auf die Gefahren einer (literarischen) Darstellung des Holocaust bzw. auf die unabwendbaren Folgen des Massenmordes für jegliche Kunst aufmerksam machen wollte, auf den Halbsatz »nach Auschwitz ein Gedicht zu schreiben ist barbarisch«[9] reduziert und nahezu als ein Kunstverbot (miss)verstanden.

Bedeutung von Gerichtsverfahren

Erst in den Sechzigerjahren entstand ein breiteres Interesse der deutschen Öffentlichkeit an den unter dem NS-Regime begangenen Verbrechen. Die Auslöser für eine – auch die Literatur betreffende – verstärkte Beschäftigung mit der Thematik waren zwei Gerichtsverfahren: der Prozess gegen den vom israelischen Geheimdienst in Argentinien aufgespürten und nach Israel entführten ehemaligen SS-Obersturmbannführer Adolf Eichmann in Jerusalem und der Frankfurter Auschwitz-Prozess, bei dem sich Wachmannschaften des Konzentrationslagers Auschwitz zu verantworten hatten. Die beiden Verfahren

8 Literarisch minderwertiger, auf billige Effekte setzender Text.
9 Theodor W. Adorno, *Kulturkritik und Gesellschaft*, Frankfurt a. M. 1951.

lieferten nicht nur ein umfassendes Bild von den nationalsozialistischen Verbrechen, sondern gaben auch Aufschluss über die Täter und deren Geisteshaltung, die – für den Eichmann-Prozess – u. a. von der jüdischen Philosophin und Schriftstellerin Hannah Arendt in ihrem Werk *Eichmann in Jerusalem. Ein Bericht von der Banalität des Bösen* (1964) eingehend analysiert wurden. Arendts beunruhigende Erkenntnis ist, dass diejenigen, die den Massenmord organisierten, keineswegs – wie vielleicht angenommen – Psychopathen und Monster waren, sondern in der Regel ganz normale, karrierebewusste Bürokraten. Heinar Kipphardt rief mit seinem Drama *Bruder Eichmann*, in welchem er Mentalität und Rechtfertigungsmuster des »Typs« Eichmann darstellt, 1983 den bereits angesprochenen Prozess erneut ins kollektive Gedächtnis der Bundesbürger.

■ Hannah Arendt: Banalität des Bösen

Zentrale Erkenntnisse aus dem Frankfurter Auschwitz-Prozess fanden in Peter Weiss' dokumentarischem Theaterstück *Die Ermittlung. Oratorium in 11 Gesängen* (1965) Eingang in die Literatur. Weiss wies in seinem in der BRD und DDR zur gleichen Zeit uraufgeführten Drama, das auf Protokollen des Auschwitz-Prozesses beruht und dennoch von literarischen (und fiktionalen) Gestaltungsmitteln Gebrauch macht, besonders auf die Bedeutung des Kapitalismus in der Geschichte des Holocaust hin.

■ Dramen

Im Jahr 1982 erschien mit dem Roman *Schindler's Ark* des australischen Autors Thomas Keneally ein weiteres Buch, das die Thematik mit Mitteln der

Fiktionale Erzählungen

Fiktion literarisch zu bearbeiten versucht und schließlich zum Weltbestseller wurde. Der Roman um den deutschen (und nicht erfundenen) Industriellen Oskar Schindler wurde zwölf Jahre später von Steven Spielberg unter dem Titel *Schindler's List* äußerst erfolgreich verfilmt. Kontrovers diskutiert wurde (zumindest kurz nach dem Erscheinen des Romans), dass Keneally eine positive deutsche Figur zeigt, die trotz ihrer Verstrickung in das nationalsozialistische System durch die Rettung hunderter Menschen zur Identifikation einlud.

Peter Schneiders Erzählung *Vati* (1987) bearbeitet – auch wenn die Namen nicht explizit genannt werden – die Geschichte Rolf Mengeles und seines Vaters, des SS-Arztes Josef Mengele. Im Fokus stehen dabei nicht nur die Nazi-Verbrechen, sondern auch die Auseinandersetzung der Nachgeborenen mit der Verstrickung der Elterngeneration in den Nationalsozialismus.

Auch der Protagonist des 1991 veröffentlichten Romans *Time's Arrow* des britischen Autors Martin Amis ist SS-Arzt. Die (fiktionalisierte) Person Josef Mengeles, zu der – was das Wesen des Protagonisten anbelangt – durchaus Parallelen gezogen werden können, wird im Roman mehrmals erwähnt. Das Besondere an diesem Werk ist darüber hinaus die Umkehrung des Erzählvorgangs: Das Buch beginnt mit dem Tod des Protagonisten und endet in seiner Kindheit, was die in Auschwitz vollzogene Umkehrung aller bis dahin gültigen moralischen Werte (wie die Achtung des menschlichen Lebens) symbolisiert.

Umkehrung des Erzählvorgangs

1995 schließlich erschien *Der Vorleser* und galt – zumindest sieben Jahre lang – als einer der ersten wirklich gelungenen deutschen Versuche, die Auseinandersetzung mit dem Holocaust bzw. den Tätern in fiktionaler Form literarisch zu verarbeiten.

Nach der Publikation von Schlinks Erfolgsroman ist generell eine weiter wachsende Beschäftigung mit Täterfiguren in der Literatur zu beobachten, die bis in die Unterhaltungsgenres reicht. So hat z. B. das Autorenduo Richard Birkefeld und Göran Hachmeister einen SS-Mann zum Protagonisten seines Kriminalromans *Wer übrig bleibt, hat recht* gemacht, der einen entflohenen KZ-Häftling verfolgt, weil dieser in Berlin grausame Rache nimmt. Im Verlauf des Romans setzt sich der SS-Offizier Kalterer im Angesicht der drohenden Kriegsniederlage mit seiner eigenen Rolle auseinander und versucht – so der Klappentext – »einen moralischen Standort zu definieren [...], der ihm eine Zukunft möglich machen soll«.

Für eine große internationale Kontroverse sorgte der 2008 erstmals auf Deutsch erschienene Roman *Die Wohlgesinnten* des französischen Schriftstellers Jonathan Littell, der auf fast 1400 Seiten die Verbrechen des Holocaust aus der Perspektive eines ranghohen SS-Offiziers erzählt. Der Roman beginnt bereits mit einer provozierenden Leseransprache: »Ihr Menschenbrüder, lasst mich euch erzählen, wie es gewesen ist.« In zahlreichen Foren und Beiträgen wurde Littells Werk diskutiert und vielfach auch scharf verurteilt, weil der Roman das Schicksal der Opfer verhöhne und – durch die gewählte Ich-Perspektive – letztlich zu einer Identifikation des Lesers mit den Standpunkten des SS-Mannes Max Aue führe. Die heftige Kontroverse um *Die Wohlgesinnten* hat einmal mehr bewiesen: Auch wenn immer weniger Zeitzeugen der Ereignisse leben, ist die Vergangenheit noch lange nicht »bewältigt« – auch literarisch nicht. Das machte auch Steve Sem-Sandbergs 2015 in deutscher Übersetzung erschienener Roman *Die Erwählten* deutlich, der einen anderen Bereich der nationalsozialistischen Vernichtungspolitik und damit auch andere Täter in den Blick nahm. Der schwedische Autor erzählt in seinem Werk, für das er sehr gut und umfangreich recherchierte, von der »Klinik Spiegelgrund« auf dem Gelände der Wiener Heil- und Pflegeanstalt »Am Steinhof« und vom Leiden der dorthin verschleppten kranken, behinderten oder schwer erziehbaren Kinder, die größtenteils der Euthanasie zum Opfer fielen.

6. Interpretationsansätze

Seit der heftigen Kontroverse um Bernhard Schlinks Roman im Frühjahr 2002 (vgl. Kap. 8, S. 75) wird eine Interpretation des Werkes wohl stets ihren Ausgang bei der Frage zu suchen haben, ob der Roman tatsächlich Argumentationsmuster aufbaut, die NS-Täter und ihren Weg in die und in der SS rechtfertigen. Dabei ist von vornherein sauber zu trennen zwischen einer **textinternen** und einer **textexternen Ebene**: Eine voraussetzungslose Gleichsetzung des Ich-Erzählers Michael Berg mit dem Autor Bernhard Schlink ist dabei unter allen Umständen zu vermeiden. Man muss sich stets vor Augen halten, dass Positionen innerhalb einer fiktiven Romanwelt nur bedingt auf die reale Welt bezogen werden können: Sie müssen zunächst einmal im Rahmen der erzählten Ereignisse verortet und verstanden werden. Literarische Figuren leben, so gesehen, ein eigenständiges Leben.

■ Textinterne, textexterne Ebene

Unterzieht man nun Michael Bergs Argumente und Positionen im Hinblick auf Hanna Schmitz und ihre Täterschaft einer genauen Analyse, wird man weit vor der Schilderung des Prozesses und der Offenlegung von Hannas SS-Karriere durch den Ich-Erzähler beginnen müssen. An einer nur scheinbar unbedeutenden Stelle wird erstmals ein Erklärungsmodell geliefert, das sich bis zum Ende des Romans in verschiedenen Variationen wiederholt. Michael fragt sich hier, warum er am Anfang der Beziehung zu Hanna dem (sexuellen) Drang nachgegeben habe, sie wiederzusehen und damit die ungewöhnliche Beziehung, die sein ganzes weiteres Leben kennzeichnen sollte, einzugehen. Anstatt diese Entscheidung auf seine jugendliche Unmündigkeit zurückzuführen – Michael ist immerhin gerade einmal 15 Jahre alt – stellt er diese Entscheidung in einen viel allgemeineren Kontext, der sein persönliches, aber offenbar auch menschliches Handeln generell zu umfassen scheint:

> »Ich denke, komme zu einem Ergebnis, halte das Ergebnis in einer Entscheidung fest und erfahre, daß das Handeln eine Sache für sich ist und der Entscheidung folgen kann, aber nicht folgen muß. Oft genug habe ich im Lauf meines Lebens getan, wofür ich mich nicht entschieden hatte, und nicht getan, wofür ich mich entschieden hatte. Es, was immer es sein mag, handelt; es fährt zu der Frau, die ich nicht mehr sehen will, macht gegenüber dem Vorgesetzten die Bemerkung, mit der ich mich um Kopf und Kragen rede, raucht weiter, obwohl ich mich entschlossen habe, das Rauchen aufzugeben, und gibt das Rauchen auf, nachdem ich eingesehen habe, daß ich Raucher bin und bleiben werde. Ich meine nicht, daß Denken und Entscheiden keinen Einfluß auf das Handeln hätten. Aber das Handeln vollzieht nicht einfach, was davor gedacht und entschieden wurde. Es hat seine eigene Quelle und ist auf ebenso eigenständige Weise mein Handeln, wie mein Denken mein Denken ist und mein Entscheiden mein Entscheiden.« (S. 21 f.)

Als Leser ist man vielleicht versucht, über diese Stelle hinwegzugehen – immerhin kennt wohl jeder solche Situationen, nach denen man sich fragt, warum man so oder so gehandelt hat, obwohl man doch fest vom Gegenteil überzeugt war. Doch in ihrer Eingängigkeit verbergen die Formulierungen eine Position, die vor allem auch dann überraschen muss, wenn man bedenkt, dass Michael Berg im Roman Jura-Professor ist: Prinzipiell nämlich trennt er hier das Handeln vom Denken und Entscheiden ab. Alle drei Prozesse hätten ihre eigene Quelle und hingen nur lose – und dann auch eher zufällig – zusammen: *Es* handelt, sagt der Jurist allen Ernstes, und entlässt das Handeln damit weitgehend aus der Kontrolle des Handelnden. Es ist offensichtlich, dass Berg hier – in trivialisierter und abgewandelter Form – das Modell Sigmund Freuds bemüht: Dieser war auch von drei psychischen Instanzen ausgegangen (Es – Ich – Über-Ich), wobei die Kontrolle des »Es«, das vor allem die Triebe umfasst, durch das Ich (und unter Einfluss des Über-Ich) bei Freud nachgerade die zivilisatorische Aufgabe des Einzelnen blieb: »Wo ›Es‹ war, soll ›Ich‹ werden«, lautet schließlich eine der wichtigsten Forderungen in der Freudschen Lehre. Berg lehnt dies implizit jedoch ab: Bei ihm gibt es offenbar keine wirkliche Verbindung mehr zwischen den psychischen Instanzen – der Einzelne ist letztlich seinen Trieben ausgeliefert, ohne reelle Chance, in die dadurch ausgelösten Prozesse einzugreifen.

»Es« handelt

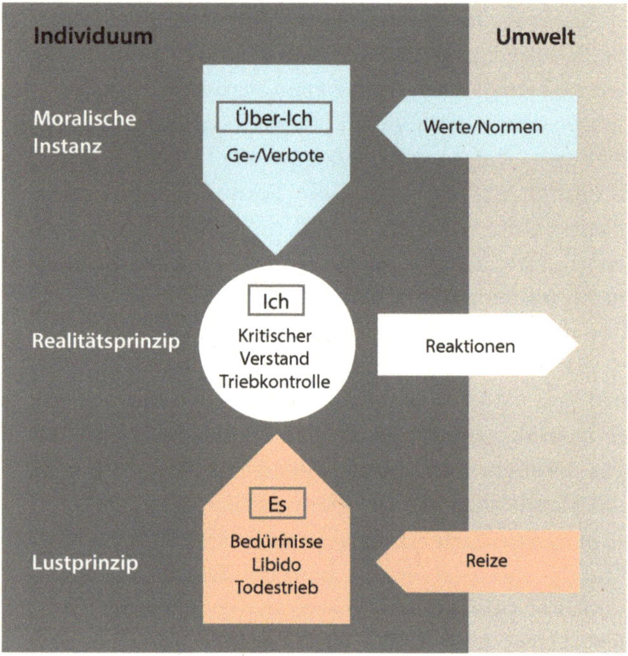

Abb. 1: Die drei psychischen Instanzen nach Freud

Konsequenzen: keine Verantwortung

Akzeptiert man die Grundannahme von Michael Berg, dann sind die Konsequenzen klar: Wenn »Es« handelt, ist das »Ich« an den Rand gedrängt. Diese Ich-lose Romanwelt wird damit auch zu einer verantwortungslosen Zone. Kaum einer könnte demnach mehr für sein Handeln und/oder sein Nicht-Handeln herangezogen werden – das gilt unter dieser Prämisse natürlich auch und gerade für Hanna.

Entsprechend passiv erscheint uns Hannas Weg in die SS – zumindest in Michael Bergs Interpretation. Während des Prozesses wird ihm klar, dass Hanna Analphabetin ist – dieser Umstand wird Berg zum universellen Erklärungsmuster für Hannas Verhalten: Eine externe, von Hanna offenbar nicht zu verantwortende Benachteiligung ist der Ausgang aller Verstrickung in die Verbrechen der Nationalsozialisten und auch für Hannas zum Teil brutales Verhalten gegenüber Michael. Es ist bedeutsam, zu erwähnen, dass Michael im Rahmen seiner Erzählung niemals danach fragt, wie es zum Analphabetismus von Hanna kam, warum sie in der Schule Lesen und Schreiben nicht lernte, warum sie nie etwas dagegen unternahm und stattdessen mit erheblichem Aufwand versuchte, ihre – vor allem sozial wirksame – Beeinträchtigung zu verbergen. Sie handelt damit nach Bergs vorher entworfenem Muster: Statt sich zu entscheiden, gegen ihre Schwäche etwas zu tun, lässt sie sich von ihrem »Verbergungstrieb« (»Es«) treiben.

■ Bedeutung des Analphabetismus

»Hanna konnte nicht lesen und schreiben. Deswegen hatte sie sich vorlesen lassen. Deswegen hatte sie mich auf unserer Fahrradtour das Schreiben und Lesen übernehmen lassen und war am Morgen im Hotel außer sich gewesen, als sie meinen Zettel gefunden, meine Erwartung, sie kenne seinen Inhalt, geahnt und ihre Bloßstellung gefürchtet hatte. Deswegen hatte sie sich der Beförderung bei der Straßenbahn entzogen; ihre Schwäche, die sie als

> Schaffnerin verbergen konnte, wäre bei der Ausbildung zur Fahrerin offenkundig geworden. Deswegen hatte sie sich der Beförderung bei Siemens entzogen und war Aufseherin geworden.« (S. 126 f.)

Plausibilität der Begründung

Michaels Erkenntnis, die ihn wie einen Blitzschlag in der freien Natur trifft, enthält einige wesentliche Schwächen, die – ob der scheinbaren Plausibilität der vorgetragenen Zusammenhänge – einmal mehr dem Leser entgehen könnten: Ist es z. B. wirklich plausibel, dass man in die Wachmannschaft eines Konzentrationslagers eintreten konnte, ohne lesen und schreiben zu können? Alles, was wir von den historischen Prozessen wissen, spricht eigentlich dagegen: Was ist mit den Personalbögen, die man zur Einstellung ausfüllen musste? Was mit den Häftlingsbögen, den tausendfachen Deportationslisten? Bergs Erklärung scheint zumindest schwammig zu sein, Vieles auszublenden, was nicht *ad hoc* in sein Muster passt.

Natürlich: Einem Roman kann man nicht wirklich vorwerfen, dass er historisch nicht genau ist und sich von Fakten entfernt – dafür ist er immerhin Fiktion und keine geschichtliche Abhandlung. Ein Roman darf also historisch »falsch« sein – und das ist Bernhard Schlinks Werk hier in der Tat. Diese Feststellung ist freilich – zunächst – nicht relevant, aber als Leser darf und muss man erst einmal nach Plausibilität **innerhalb des Romankontextes** fragen. Und da gilt es zunächst festzuhalten, dass Michael Berg, dem Erzähler, selbst Zweifel an der eigenen Erklärung kommen, vor allem hinsichtlich der entsetzlichen Konsequenzen, die Hannas soziophobisches Verhalten zeitigte:

> »Aber Hannas Scham, nicht lesen und schreiben zu können, als Grund für ihr Verhalten im Prozeß und im Lager? Aus Angst vor der Bloßstellung als Analphabetin die Bloßstellung als Verbrecherin? Aus Angst vor der Bloßstellung als Analphabetin das Verbrechen?« (S. 127)

Wie immer, wenn Michael Fragen stellt, liegt dem Leser ein »Ja« nahe: Mithilfe seiner rhetorischen Fragen erreicht der Ich-Erzähler häufig mehr für seine Argumentation als mit seinen forsch vorgetragenen Analysen. Auch hier führt er die – vielleicht am Anfang noch zögerliche – Zustimmung des Lesers weiter, bemerkenswerterweise über ein scheinbares »Nein« auf seine eigenen rhetorischen Fragen, das letztlich doch ein »Ja« wird. Er kennzeichnet Hannas Verhalten als Täterin nahezu abschließend:

> »Nein, habe ich mir gesagt, Hanna hatte sich nicht für das Verbrechen entschieden. Sie hatte sich gegen die Beförderung bei Siemens entschieden und war in die Tätigkeit als Aufseherin hineingeraten. Und nein, sie hatte die Zarten und Schwachen nicht mit dem Transport nach Auschwitz geschickt, weil sie ihr vorgelesen hatten, sondern hatte sie fürs Vorlesen ausgewählt, weil sie ihnen den letzten Monat erträglich machen wollte, ehe sie ohnehin

> nach Auschwitz mußten. Und nein, im Prozeß wog Hanna nicht zwischen der Bloßstellung als Analphabetin und der Bloßstellung als Verbrecherin ab. Sie kalkulierte und taktierte nicht. Sie akzeptierte, daß sie zur Rechenschaft gezogen wurde, wollte nur nicht überdies bloßgestellt werden. Sie verfolgte nicht ihr Interesse, sondern kämpfte um ihre Wahrheit, ihre Gerechtigkeit. Es waren, weil sie sich immer ein bißchen verstellen mußte, weil sie nie ganz offen, nie ganz sie selbst sein konnte, eine klägliche Wahrheit und eine klägliche Gerechtigkeit, aber es waren ihre, und der Kampf darum war ihr Kampf.« (S. 128)

Man muss an dieser Stelle als Leser genau hinschauen, sie ist das Scharnier, das Michaels Argumentation zusammenhält: Zunächst stellt er fest, dass Hanna in die Tätigkeit als Aufseherin hineingerutscht sei. Erneut handelt ein »Es«, getrieben von dem Wunsch, nicht als Analphabetin erkannt zu werden. Hanna entscheidet sich gegen etwas – aber nach Michael nicht aktiv für etwas anderes. Erneut muss die Frage gestellt werden, wie plausibel das – im Romanzusammenhang! – erscheint: Was ist mit Alternativen – muss sie tatsächlich, um bei Siemens einen Aufstieg zu verhindern, eine Tätigkeit in einem KZ aufnehmen? Und: Wenn sie dies schon tut, warum stellt sich im Lager keine moralische Empörung ein gegen das, was sie dort sieht und selbst tut? Dass sie die Schwachen und Zarten angeblich ganz uneigennützig selektiert, um ihnen zu helfen, ist erstens wenig überzeugend und zweitens hat Michael doch dafür wenig Anhaltspunkte gerade in Hannas Aussagen (vgl. z. B. S. 113, wo Michael geradezu darum fleht, dass Hanna so argumentiert). Doch auch dafür hat der Ich-Erzähler an anderer Stelle eine Erklärung parat: »Betäubung« lautet da sein Schlagwort; eine seltsame »Betäubung«, die frappierend an das verantwortungslose »Es«, das handelt, erinnert, habe alle in den KZs und auch später ergriffen, wenn es um die Aufklärung der Verbrechen gegangen sei:

Bedeutung der »Betäubung«

> »Alle Literatur der Überlebenden berichtet von dieser Betäubung, unter der die Funktionen des Lebens reduziert, das Verhalten teilnahms- und rücksichtslos und Vergasung und Verbrennung alltäglich wurden. Auch in den spärlichen Äußerungen der Täter begegnen die Gaskammern und Verbrennungsöfen als alltägliche Umwelt, die Täter selbst auf wenige Funktionen reduziert, in ihrer Rücksichts- und Teilnahmslosigkeit, ihrer Stumpfheit wie betäubt oder betrunken. Die Angeklagten kamen mir vor, als seien sie noch immer und für immer in dieser Betäubung befangen, in ihr gewissermaßen versteinert.« (S. 98 f.)

Michael ist sich der Ungeheuerlichkeit seiner Bemerkung bewusst, gleich im nächsten Absatz relativiert er sie und macht auf den fundamentalen Unterschied aufmerksam, der zwischen Tätern und Opfern be-

Legitimierung der Täter

steht. Und doch: Ganz nivelliert er seine Beobachtung nicht, er bleibt dabei, diese seltsame Betäubung, die er erneut als eine von außen kommende, nicht den Personen eigene Kraft versteht, sei im Grunde dafür verantwortlich gewesen, dass auch und gerade die Täter sich nicht gegen die Vernichtung stemmten. Es gibt keinen Weg, diese Analyse Michaels zu entschärfen: Sie dient letztlich eindeutig auch der Legitimierung der Täter und ihres Handelns. Deshalb muss ein wacher Leser sie selbstverständlich zurückweisen. Aber: Michael formuliert dies natürlich vor allem im Hinblick auf Hanna – sie ist es schließlich, die ihn interessiert, sie ist die Täterin und die Geliebte, die sein Leben für immer verändert hat. Das Ziel seiner Analyse und seiner Argumentation darf man als Leser nie aus den Augen verlieren – doch bevor dieses einer genaueren Interpretation unterzogen werden kann, sollte man noch einen Moment bei der »Betäubung« bleiben: Hanna ist schließlich die Einzige, die während des Prozesses offenbar beginnt, die Betäubung abzuschütteln und sich – zwar durch eine Lüge – für das Geschehen verantwortlich zu machen. Und im Romanzusammenhang ist völlig klar, dass die Läuterung von Hanna nur einhergehen kann mit der Überwindung ihrer fundamentalen Schwäche, des Analphabetismus. Genau dies geschieht nach dem Prozess: Hanna lernt endlich lesen und schreiben. Und es kommt nicht von ungefähr, dass sie jetzt ausgerechnet die Werke von Holocaust-Überlebenden liest und sich auch den Aussagen von Tätern zuwendet. Obwohl sie selbst im Konzentrationslager war, beginnt sie für Michael erst jetzt zu verstehen, was dort geschehen ist. Moral ist für Michael Berg – und für Hanna – offenbar etwas, das mit der Fähigkeit, lesen und schreiben zu können, einhergeht. Humanistische oder auch christliche Werte, die das Tötungsverbot als eines der obersten Prinzipien setzen, scheinen nicht zu existieren, solange jemand abgeschnitten ist von den bedeutsamsten Kulturtechniken der Menschheit. Genau in diesem Sinne ist Michaels Aussage zu verstehen:

Bedingungen der Moral

> »Analphabetismus ist Unmündigkeit. Indem Hanna den Mut gehabt hatte, lesen und schreiben zu lernen, hatte sie den Schritt aus der Unmündigkeit zur Mündigkeit getan, einen aufklärerischen Schritt.« (S. 178)

Doch: Der Einblick in diese Werte bleibt im Grunde weitgehend folgenlos – er gehört zum »Denken« oder auch zum »Entscheiden«, das in Michael Bergs Verständnis der menschlichen Psyche letztlich nicht notwendig zum Handeln werden muss. Dass Hannas Einsicht dann doch konkretes Handeln zur Folge hat – sie bringt sich um und bemüht sich mit ihrer hilflosen Geste, Geld an Überlebende zu spenden, um Versöhnung –, ist auch für Michael mehr Zufall. Er versteht ihren Selbstmord – ebenso wie die Gefängnisleiterin – somit auch eher als Angst vor einem Leben außerhalb des »Kloster[s]« (S. 197) denn als letzte Konsequenz aus ihrer moralischen Einsicht. Und die gedachte Versöhnung mit der Überlebenden scheitert schließlich ebenso wie die merkwürdig unkonkreten Auseinandersetzungen Hannas mit den Toten (vgl. S. 187).

Auch für Michael selbst scheinen die Einsichten in Hannas Taten und die der SS allgemein nur wenige Folgen zu haben. Nahezu unkommentiert gibt er – erneut zur Bestärkung seiner »Betäubungs«-Theorie – am Ende des zweiten Teils ein Erlebnis zum Besten, das er in einer Prozess-Pause hatte, als er die KZ-Gedenkstätte in Struthof besichtigen will: Offenbar sitzt er als Anhalter im Wagen eines Täters, der ihm die Gründe für das sinnlose Töten offenbart:

> »Was wollen Sie eigentlich verstehen? Daß man aus Leidenschaft mordet, aus Liebe oder Haß oder für Ehre oder Rache, verstehen Sie? [...] Sie verstehen auch, daß man mordet, um reich zu werden oder mächtig? Daß man im Krieg mordet oder bei einer Revolution? [...] Aber die, die in den Lagern gemordet wurden, hatten denen, die sie gemordet haben, nichts getan? Wollen Sie das sagen? Wollen Sie sagen, daß es keinen Grund zum Haß gab und keinen Krieg? [...] Sie haben recht, es gab keinen Krieg und keinen Grund zum Haß. Aber auch der Henker haßt den, den er hinrichtet, nicht und richtet ihn doch hin. Weil es ihm befohlen wurde? Sie denken, daß er es tut, weil es ihm befohlen wurde? Und Sie denken, daß ich jetzt von Befehl und Gehorsam rede

und davon, daß den Mannschaften in den Lagern befohlen wurde und daß sie gehorchen mußten? [...] Nein, ich rede nicht von Befehl und Gehorsam. Der Henker befolgt keine Befehle. Er tut seine Arbeit, haßt die nicht, die er hinrichtet, rächt sich nicht an ihnen, bringt sie nicht um, weil sie ihm im Weg stehen oder ihn bedrohen oder angreifen. Sie sind ihm völlig gleichgültig. Sie sind ihm so gleichgültig, daß er sie ebensogut töten wie nicht töten kann.« (S. 145 f.)

Michaels Protest gegen diese Position ist – wenn überhaupt vorhanden – nur schwach; bemerkenswerter erscheint allerdings die Tatsache, dass er diese Episode nach all den Jahren immer noch weitgehend unkommentiert lässt und in ihrem doch empörenden Gehalt nicht relativiert (das Verhalten des damals Jugendlichen könnte man ja noch verstehen) – und dies kurz bevor er vom Urteil für Hanna erzählt. Genau in dieser Hinsicht muss diese Rückblende verstanden werden: Erneut dient ihm eine Erinnerung dazu, Täter allgemein und Hanna im Besonderen zu entlasten: Betäubung, Gleichgültigkeit, »Es« – alle diese Stichworte laufen im Endeffekt auf eine Entschuldigung Hannas hinaus. Berg nimmt dabei billigend in Kauf, dass seine Argumente für alle Täter gelten können und damit letztlich kaum ein Verantwortlicher für den Holocaust übrig bleibt.

Man kann es drehen und wenden, wie man will: Michael Bergs vordringliches Anliegen im Roman ist

Michaels Ziel der Erzählung

es, Hannas Schuld zu minimieren und in einem Rahmen allgemein menschlicher und damit irgendwie erträglicher Schwächen zu verorten. Nicht nur im Romankontext drängt sich freilich die Frage auf, warum Michael dies tut. Mehrfach erhalten wir im Romangeschehen die bereits erwähnten Hinweise, dass Berg offenbar selbst eine tiefe Schuld verspürt, weil er »eine Verbrecherin geliebt hatte« (S. 129). Damit aber dringen wir zum eigentlichen Kern der Erzählung vor: Michael Bergs Auseinandersetzung mit Hannas Schuld ist keine abstrakte Analyse von Täterschaft im Nationalsozialismus, es ist vielmehr der verzweifelte Versuch, die eigene Fehlbarkeit zu verstehen, einen Menschen geliebt zu haben, der – gängigen Vorstellungen zufolge – ein Monster, genauer: ein KZ-Monster, war. Fast könnte man meinen, dass Michael am eigenen Leibe verspürt, was es heißt, der »Banalität des Bösen« – um Hannah Arendts berühmtes Wort zu bemühen – erlegen zu sein: Hanna war an und für sich kein böser Mensch, zumindest nicht so, wie man sich das gemeinhin vorstellt. Obgleich, und das muss wenigstens am Rande notiert werden, Hannas Verhalten Michael gegenüber nicht selten von Brutalität bestimmt ist und deutlich der Befriedigung ihres Machtbedürfnisses dient.

Nachkriegsgeneration

Nur in einer Hinsicht ist Michael Berg, der so oft von Interpreten nur als ein typischer Vertreter der unmittelbaren Nachkriegsgeneration verstanden wird, auch mit den allgemeinen Problemen der damals Heranwachsenden konfrontiert: Wie sollte man damit umgehen, dass geliebte Menschen im »Dritten Reich« zu Verbrechern geworden waren? Aber Michael weist uns selbst darauf hin, dass die Liebe zu Hanna nicht zu vergleichen ist mit der Liebe etwa zu den Eltern:

> »Ich hatte sie geliebt. Ich hatte sie nicht nur geliebt, ich hatte sie gewählt. Ich habe versucht, mir zu sagen, daß ich, als ich Hanna wählte, nichts von dem wußte, was sie getan hatte. Ich habe versucht, mich damit in den Zustand der Unschuld zu reden, in dem Kinder ihre Eltern lieben. Aber die Liebe zu den Eltern ist die einzige Liebe, für die man nicht verantwortlich ist.« (S. 162)

Und auch sonst macht uns der Erzähler auf seine Distanz zu seiner, der 68er-Generation in dieser Frage aufmerksam:

> »Was das dritte und eigentliche Thema der Studentenbewegung anging, die Auseinandersetzung mit der nationalsozialistischen Vergangenheit, spürte ich eine solche Distanz zu den anderen Studenten, daß ich nicht mit ihnen agitieren und demonstrieren wollte.« (S. 160)

Kranke Beziehung

Unter der Hand »gesteht« Michaels Erzählung noch deutlicher, dass die Beziehung zu Hanna von Anfang an auf mehreren Ebenen besonders »krank« war: Nicht umsonst beginnen der Roman und ihr Verhältnis mit Michaels Gelbsucht. Drastischer noch: Michael sieht Hanna erstmals, als er sich übergeben hat. Bis zum Ende ist dieses Signum spürbar: Selbst Michaels Erwachsenenleben, vor allem seine scheiternden Beziehungen zu anderen Frauen sind immer wieder bestimmt von seiner ersten, nicht nur sexuellen Partnerin Hanna.

Und auch das Erzählen an sich hat therapeutischen Charakter: Michael Berg versucht im Prozess des Erzählens, des Deutens, Interpretierens und Minimierens der Schuld, mit seiner eigenen Vergangenheit zurande zu kommen, seine große Hanna-Wunde zu heilen. Ganz am Ende des Romans gibt uns der Ich-Erzähler entscheidende Hinweise, wie die vorliegende Geschichte zu verstehen ist:

> »Den Vorsatz, Hannas und meine Geschichte zu schreiben, habe ich bald nach ihrem Tod gefaßt. Seitdem hat sich unsere Geschichte in meinem Kopf viele Male geschrieben, immer wieder ein bißchen anders, immer wieder mit neuen Bildern, Handlungs- und Gedankenfetzen. So gibt es neben der Version, die ich geschrieben habe, viele andere. Die Gewähr dafür, daß die geschriebene die richtige ist, liegt darin, daß ich sie geschrieben und die anderen Versionen nicht geschrieben habe. Die geschriebene Version wollte geschrieben werden, die vielen anderen wollten es nicht. Zuerst wollte ich unsere Geschichte schreiben, um sie loszuwerden. Aber zu diesem Zweck haben sich die Erinnerungen nicht eingestellt. Dann merkte ich, wie unsere

Geschichte mir entglitt, und wollte sie durchs Schreiben zurückholen, aber auch das hat die Erinnerung nicht hervorgelockt. Seit einigen Jahren lasse ich unsere Geschichte in Ruhe. Ich habe meinen Frieden mit ihr gemacht. Und sie ist zurückgekommen, Detail um Detail und in einer Weise rund, geschlossen und gerichtet, daß sie mich nicht mehr traurig macht.« (S. 205 f.)

Man sollte diesen Worten des Erzählers gut zuhören: Die vorliegende Geschichte ist eine Version von vielen, aber sie ist die, die Michael am besten erträgt. Wenn das Erzählen dieser Version auch nicht gänzlich heilsam ist – diese Version der Ereignisse ist letztlich für Michael Berg überlebensnotwendig. Dieses Ziel determiniert alles, was im Roman von Michael vorgebracht wird – vor allem im Hinblick auf Hanna: Der Ich-Erzähler liefert eine für ihn runde, geschlossene Geschichte, die ihn wenigstens nicht traurig zurücklässt.

■ Bedeutung des Erzählten für Michael

Damit aber ist noch lange nichts darüber gesagt, wie der Leser mit Bernhard Schlinks Roman als Ganzem umgehen soll. Nimmt er die eingangs erwähnte und in dieser Interpretation des Romans als wesentlich betrachtete Trennung von Autor und Erzähler ernst, wird er erkennen, dass der Widerspruch auch zum fiktionalen Spiel gehören kann: Wer Michael Bergs Deutungen nicht entgegentritt und das Werk nur als furios erzählte, außergewöhnliche Liebesgeschichte versteht, geht dem Erzähler auf den Leim. Er

■ Autor vs. Erzähler

übernähme seine Sicht der Dinge, die letztlich auf eine Entschuldung des Erzählers selbst zielt. Damit aber akzeptierte ein solcher Leser gleichsam unter der Hand Prämissen, die für die Deutung des Holocaust in der Tat inakzeptabel sind und bleiben. Dieser naive Leser übersähe schließlich das, was man mit dem Literaturwissenschaftler Wolfgang Iser die »Appellstruktur« des Textes nennen könnte[10]: nämlich aufzubegehren und in Auseinandersetzung mit Michael Bergs Positionen eigene zu erarbeiten.

Appellstruktur

Wer allerdings leichtsinnig Michael Bergs Argumente mit Bernhard Schlinks Meinungen gleichsetzt, verletzt elementare Grundsätze einer literaturwissenschaftlichen Analyse fiktionaler Texte: Dass die im Roman orchestrierten Positionen Michaels denen von Bernhard Schlink entsprechen, bleibt zwar partiell möglich, sicher ist dies freilich keineswegs. Wer mag, kann beide Einstellungen ja vergleichen, Schlink hat sich schließlich in zahlreichen Interviews und Essays zu Fragen der Vergangenheitsbewältigung geäußert.[11] Ein solcher Vergleich wird neben Parallelen vor allem auch erhellende Differenzen ergeben.

10 Isers Metapher wird hier freilich etwas überdehnt. Bei ihm heißt »Appellstruktur«, dass jeder Text »Leerstellen« enthält, die der Leser individuell füllen muss.

11 Ein gutes Interview mit Andreas Kilb findet sich online unter: http://www.faz.net/aktuell/feuilleton/buecher/im-gespraech-bernhard-schlink-herr-schlink-ist-der-vorleser-geschichte-1100720.html

7. Autor und Zeit

Kurzbiografie

1944 Bernhard Schlink wird am 6. Juli 1944 in Großdornberg bei Bielefeld geboren.

1968/72 nach Jurastudium in Heidelberg und Berlin Erste bzw. Zweite Juristische Staatsprüfung.

1975 Promotion an der Juristischen Fakultät der Ruprecht-Karls-Universität Heidelberg.

1981 Habilitation durch die Juristische Fakultät der Albert-Ludwigs-Universität Freiburg im Breisgau.

1982–91 Professor für Öffentliches Recht an der Rheinischen Friedrich-Wilhelms-Universität Bonn.

1987–2006 Richter am Verfassungsgerichtshof des Landes Nordrhein-Westfalen.

1990 Gastdozent an der Humboldt-Universität in Ost-Berlin und Teilnahme an der Ausarbeitung einer Übergangsverfassung für die DDR (»Runder Tisch«).

1991/92 Professor für Öffentliches Recht, Sozialrecht und Rechtsphilosophie an der Johann-Wolfgang-Goethe-Universität Frankfurt am Main.

1992–2008 Lehrstuhlinhaber für öffentliches Recht und Rechtsphilosophie an der Humboldt-Universität zu Berlin.

2000/01 Fellowship am »Center for Writers and Scholars« der New York Public Library.

2005 Vertreter der Bundesregierung im Verfahren vor dem Bundesverfassungsgericht über die Klagen zweier Bundestagsabgeordneter gegen die Entscheidung des Bundespräsidenten, den Bundestag nach der taktischen Vertrauensfrage des Bundeskanzlers Schröder aufzulösen.

2008 Mitarbeit an der Verfilmung des *Vorlesers* (Regie: Stephen Daldry, Hauptdarsteller: David Kross, Kate Winslet).

2009 Übergabe der Manuskripte und Korrespondenz an das Deutsche Literaturarchiv in Marbach, welches das Manuskript zum *Vorleser* im *Literaturmuseum der Moderne* dauerhaft ausstellt.

Schlink war Inhaber zahlreicher Gastprofessuren im Ausland und erhielt verschiedene Preise und Auszeichnungen (u. a. Hans-Fallada-Preis für den *Vorleser*). Er ist außerdem u. a. engagiertes Mitglied in der Autorenvereinigung PEN (Poets – Essayists – Novelists).

Werktabelle

Bernhard Schlink ist in seiner Funktion als Jura-Professor auch Autor von zahlreichen rechtswissenschaftlichen Werken; die nachstehende Bibliographie

Abb. 2: Bernhard Schlink – picture-alliance/dpa
© dpa-Fotoreport

beschränkt sich aber auf sein belletristisches und essayistisches Œuvre.

1987 **Selbs Justiz.** In Gemeinschaftsarbeit mit Walter Popp verfasster Kriminalroman, der 1991 unter dem Titel *Der Tod kam als Freund* von Nico Hoffmann verfilmt wurde. Der Protagonist, Gerhard Selb, wird beauftragt, eine Computermanipulation in einem Chemiekonzern aufzuklären. Die Umstände des zu lösenden Falls stellen unerwartet einen verhängnisvollen Zusammenhang zwischen dem Auftrag und der Tätigkeit des Protagonisten während seiner Zeit als Staatsanwalt unter dem NS-Regime her.

1988 **Die gordische Schleife** ist Schlinks erste eigenständige belletristische Arbeit. Sie erzählt die Geschichte einer Wirtschaftsspionage, bei der es um die illegale Beschaffung von Konstruktionsplänen für einen Kampfhubschrauber geht.

1992 **Selbs Betrug.** Zweiter Band der Romantrilogie um den Privatdetektiv Selb, der damit beauftragt wird, die vermisste Studentin Leonore Salger zu suchen. Diese stellt sich als Mitglied einer terroristischen Vereinigung heraus, die einen Anschlag auf eine US-Militärbasis verübt, auf deren Gelände noch Giftgasbestände aus dem Zweiten Weltkrieg lagern sollen. Um aus wirtschaftspolitischen Interessen den Standort nicht zu gefährden, setzen Polizei und amerikanisches Militär alles daran, den Vorfall geheim zu halten. Auch in den Medien wird die Angelegenheit weitestgehend verschwiegen. Selb gerät, indem er Leonore zur Flucht verhilft, selbst mit dem Gesetz in Konflikt.

1995 **Der Vorleser.** Bevor Schlink sein Romanmanuskript dem Diogenes-Verlag zur Publikation im deutschsprachigen Raum übergab, hatte er bereits die englische Version fertiggestellt. Er fürchtete eine Publikation auf Deutsch aus Angst »vor dem Beifall von der falschen Seite, vor dem Missverständnis, ich wolle die Täter verharmlosen« (Bernhard Schlink im Gespräch mit Gunhild Kübler in der *Weltwoche*).

2000 **Liebesfluchten.** Sieben Kurzgeschichten, in denen die Liebe und zwischenmenschliche Beziehungen im Mittelpunkt stehen, darüber hinaus aber mit zeitgeschichtlichen Ereignissen und Begebenheiten verknüpft werden. Die Liebe wird nicht nur als Inbegriff menschlichen Glücks empfunden, sondern auch als leidvolle Erfahrung erlebt.

2000 **Heimat als Utopie.** Essay von Bernhard Schlink, der im Angesicht der Globalisierung der Frage nachgeht, wo Menschen eigentlich ihre Heimat haben.

2001 **Selbs Mord.** Im letzten Band der Selb-Trilogie erhält der Privatdetektiv von einem Direktor einer Privatbank den Auftrag, nach einem stillen Teilhaber der Bank zu suchen. Selb deckt in seinen Ermittlungen illegale Bankgeschäfte auf, als deren Drahtzieher sich am Ende Selbs Auftraggeber selbst herauskristallisiert. Verurteilt aber werden lediglich die »kleinen Fische«, der Direktor setzt sich ins Ausland ab und verschwindet spurlos.

2005 **Vergewisserungen. Über Politik, Recht, Schreiben und Glauben.** Der Band versammelt hauptsächlich Reden, die Schlink zwischen 1983 und 2005 zu den im Titel genannten Themen bei verschiedenen Anlässen gehalten hat.

2006 **Die Heimkehr** ist ein Roman, der sich abermals mit den Themen Vergangenheitsbewältigung und Verantwortung beschäftigt. Schlink schildert darin die Geschichte des Ich-Erzählers Peter Debauer, der sich auf die Suche nach dem Autor eines Trivialromans begibt, dabei aber mehr über seine eigene Herkunft erfährt. Der lang erwartete Roman nach dem *Vorleser* wurde von der Kritik überwiegend abgelehnt und negativ beurteilt. Gieri Cavelty kritisierte beispielsweise in der *Neuen Zürcher Zeitung* die Handlung als »konstruiert« und die Figuren als »blosse Ideenträger«.

2007 **Vergangenheitsschuld. Beiträge zu einem deutschen Thema.** Schlink widmet sich in dieser Aufsatzsammlung der »zentralen deutschen Erfahrung«. Der Band eignet sich sehr, Schlinks Romane im Kontext seines Geschichtsbildes besser zu verstehen.

2008 **Das Wochenende.** Auch in diesem Roman konfrontiert Schlink seine Figuren mit ihrer eigenen Vergangenheit, diesmal liegt diese aber erheblich kürzer zurück: Anlässlich der Haftentlassung eines ehemaligen RAF-Terroristen treffen sich einstige Mitstreiter mit ihm für ein Wochenende in der Einöde, eigentlich um ihm bei seinem neuen Leben in der Freiheit behilflich zu sein. Doch schnell wird nicht nur die Frage virulent, wer die Gruppe damals an die Polizei verraten hat, sondern auch, wie man sich zu dem jeweils eigenen radikalen Handeln verhält.

2010 **Sommerlügen.** *Erzählungen.* In diesen sieben Geschichten, die alle im gehobenen Milieu der Mittelschicht spielen, geht es um »Beziehungsprobleme, Liebesverstrickungen, Familienkonflikte, durch Alter oder Krankheit ausgelöste Sinnfragen« (Kristina Maidt-Zinke in der *ZEIT*). Der Band wurde nicht nur zum – bei Schlink mittlerweile zu erwartenden – Verkaufserfolg, sondern auch in der Kritik wohlwollend aufgenommen, wenngleich nicht selten nur als »leichte, gut gemachte Unterhaltung« (Maidt-Zinke) verstanden.

2011 **Gedanken über das Schreiben. Heidelberger Poetikvorlesungen.** 2010 hielt Schlink an der Heidelberger Universität Vorlesungen, die sich den »Regeln [widmeten], die sein Schreiben über die Vergangenheit, über die Liebe und über die Heimat leiten« (Klappentext). Dabei reflektiert er auch kritische Einwände, die gegen sein Werk erhoben worden sind, und geht z. B. der Frage nach, ob es besondere »Verpflichtungen für Literatur über den Holocaust« (ebd.) gibt.

2014 **Die Frau auf der Treppe.** Schlinks bislang letzter Roman dreht sich um ein wieder aufgetauchtes Kunstwerk, das den Maler, den damaligen Auftraggeber, einen Rechtsanwalt und die Frau, die Modell stand, nach langer Zeit wieder zusammenbringt. Die Männer waren damals alle in die Frau verliebt – und nun, nach Jahrzehnten, drängen die alten Gefühle, Verletzungen und offenen Fragen wieder an die Oberfläche. Doch für Versöhnung oder Bewältigung bleibt den Figuren nur wenig Zeit. In der Kritik wurde der Roman fast einhellig abgelehnt, Andreas Kilb etwa störte sich in der *Frankfurter Allgemeinen Zeitung* nicht nur an der Gestaltung des Plots und der Figuren, sondern vor allem auch an der Sprache, die er »Provinzgaleristenprosa« nannte.

2015 **Erkundungen.** In dieser Sammlung von Reden und Essays widmet sich Schlink zentralen Fragen »zu Geschichte, Recht und Glauben« (Untertitel).

Einordnung des Werkes in das Gesamtwerk des Autors

Der Vorleser ist zweifelsohne Bernhard Schlinks erfolgreichstes Buch. Über den außergewöhnlichen Verkaufserfolg seines Romans, mit dem er international bekannt wurde, war Schlink selbst überrascht. Bevor er jedoch mit dem *Vorleser* erzählerisches Neuland betrat, wählte Schlink für seine früheren Werke eine Gattung, die in erster Linie vom Inhalt her definiert wird: den Kriminalroman. *Die gordische Schleife* ist dabei geradezu der Prototyp eines klassischen Spionagethrillers. Für die Wahl des Genres lassen sich mindestens zwei Gründe anführen. Zum einen wollte Bernhard Schlink mit seinen Kriminalromanen ein möglichst breites Publikum statt »nur« die Kritiker erreichen – eine Tatsache, die in Deutschland viel zu selten Beachtung finde.[12] Literatur sieht Schlink zuallererst als Unterhaltungsmedium, das jedoch auf ein gewisses Maß an Anspruch nicht verzichten muss.[13] Dies sieht er in seinen Kriminalromanen verwirklicht. Ein zweiter Grund resultiert aus seinem Beruf. Sandro Moraldo führt dazu aus: »Nicht von un-

■ Kriminalromane

12 Bernhard Schlink im Interview mit Tilman Krause: »Gegen die Verlorenheit an sich selbst. Gute Literatur lebt von der Auseinandersetzung mit der Umwelt – ein Gespräch mit Bernhard Schlink, dem Autor des *Vorleser*«, in: *Die literarische Welt*, 3.4.1999, online unter: http://www.welt.de/print-welt/article569316/Gegen-die-Verlorenheit-an-sich-selbst.html

13 Vgl. ebenda.

gefähr lässt sich in den literarischen Werken des Juristen Bernhard Schlink eine Vorliebe für Verbrechen, Verstrickung, Flucht, Verrat, Recht und Unrecht ausmachen.«[14]

»Politik des Vergessens«

Bernhard Schlink wuchs in der jungen Bundesrepublik auf, der er attestierte, dass sie allzu sehr auf einer Politik des Vergessens aufgebaut worden sei. Diese Kritik spiegelt sich auch in seinem literarischen Werk wider.

Zeitgeschichtliche Thematik

Bewusst erlebt Schlink den in den Sechzigerjahren einsetzenden und maßgeblich von der Studentenbewegung initiierten Prozess der Auseinandersetzung der Nachgeborenengeneration mit der Verstrickung der Eltern in den Nationalsozialismus. Diese Umstände prägten ihn und prägen auch seine künstlerische Betätigung. Leitmotivisch zieht sich neben der Liebe als leidvolle Erfahrung und Verrat (etwa in *Der Vorleser* und einigen Erzählungen im Kurzgeschichtenband *Liebesfluchten*, aber auch im letzten Roman *Die Frau auf der Treppe*) die zeitgeschichtliche Thematik durch sein gesamtes Werk. Dies ist sowohl in der Handlung und ihrer zeitlichen Verortung als auch an der Konturierung seiner Protagonisten festzustellen. Ihnen allen gemeinsam scheint der geringe Einfluss auf ihr eigenes Handeln zu sein (freilich in sehr unterschiedlichen Kontexten). Georg Polger etwa, der Protagonist in *Die gordische Schleife*, wird unverse-

14 Sandro Moraldo, »Bernhard Schlink«, in: *Kritisches Lexikon zur deutschsprachigen Gegenwartsliteratur*, hrsg. von Heinz Ludwig Arnold, München, edition text + kritik, 3/02, S. 2.

hens und unfreiwillig zum Handlanger des organisierten Verbrechens: »Aber was wir machen und was mit uns geschieht, können wir nicht wirklich klären«.[15] Auch Hanna Schmitz scheint ja mehr oder weniger unfreiwillig in die SS hineinzugeraten. Michael Berg spricht das für ihn problematische Verhältnis zwischen Entscheiden und letztendlichem Handeln im *Vorleser* explizit an: »Ich denke, [...] daß das Handeln eine Sache für sich ist und der Entscheidung folgen kann, aber nicht folgen muß. [...] Es, was immer es sein mag, handelt« (S. 21 f., vgl. dazu auch das Kapitel »Interpretationsansätze« im vorliegenden Band).

Auch in seinem Roman *Die Heimkehr* wirft Schlink diese Frage wieder auf: Der Ich-Erzähler Peter Debauer sieht sich mit seinem Vater John de Baur konfrontiert, der im »Dritten Reich« das Regime mit einschlägigen Artikeln in der Nazi-Presse unterstützte, sich nach dem Krieg aber als KZ-Überlebender ausgab, um dann in den USA Karriere an einer Universität zu machen. De Baur (der deutlich an den Literaturwissenschaftler Paul de Man erinnert) entwickelte als Wissenschaftler sogar eine Theorie (Dekonstruktivismus), die es ihm erlaubte, sich selbst zu entschuldigen: »Ich mochte meinen Vater nicht und nicht seine Theorie, die ihn von jeder Verantwortung lossprach: von der Verantwortung für das, was er geschrieben, und für das, was er getan hatte«, stellt der Ich-Erzähler schließlich fest.

15 Zitiert nach: Moraldo (Anm. 14), S. 5.

So gerät dann auch die klar umrissene, klassische Rollenverteilung bei Schlink ins Wanken. Der Gegensatz von Tätern und Opfern wird nicht selten aufgelöst. Schlinks Hauptfiguren sind als tragische »Helden« konzipiert. Täter sind bei Schlink in aller Regel zugleich auch Opfer. Ähnlich wie Hanna Schmitz, der das Festhalten an ihrer »Lebenslüge« (das Phänomen der Lebenslüge wird u. a. auch in *Selbs Justiz* thematisiert) zum Verhängnis wird, ist auch die Serienfigur Gerhard Selb zugleich Täter und Opfer. Er erkennt heute, dass er zu seiner Zeit als nationalsozialistischer Staatsanwalt als »Werkzeug« höherer Interessen »missbraucht« wurde und durch die Erwirkung einer zu Unrecht vollzogenen Todesstrafe schuldig geworden ist.

■ Täter vs. Opfer

Das unerwartete und unvorhersehbare Einbrechen der Vergangenheit in das gegenwärtige Leben – ein zentrales Thema in Schlinks Werk – führt letztendlich auch bei Gerhard Selb zu einem inneren Konflikt. Genau wie Michael Berg möchte er in Frieden mit seiner Vergangenheit leben. Und wie Hanna Schmitz am Ende ihres Lebens als geläuterter Charakter erscheint, ist auch Selb mit sich weitgehend im Reinen.

■ Bedeutung des Schreibens

Eine zentrale Rolle bei der Bewältigung der Vergangenheit spielt, dass die Protagonisten im doppelten Sinne ihre Vergangenheit (nieder)schreiben und somit subjektiv interpretieren. Ähnlich wie Michael Berg in *Der Vorleser* startet auch Georg Polger in *Die gordische Schleife* den Versuch, sich durch die schriftliche Fixierung seiner Geschichte Klarheit zu verschaffen. Die Rückbesinnung erfüllt dabei jedoch – wenn überhaupt – nicht immer ihre therapeutische Funktion; des Öfteren versagt sie schlicht.

Die Romane und Erzählungen Bernhard Schlinks weisen durchaus autobiografische Bezüge auf. Die Handlungsorte befinden sich öfter in oder in der Nähe von Heidelberg oder auch Berlin, wo Schlink heute lebt. In allen Romanen Schlinks tauchen darüber hinaus Figuren auf, die entweder Juristen sind oder waren. In seinen Büchern, so Schlink einmal in einem Interview mit der *Frankfurter Rundschau*, mische sich »Autobiografisches, Phantasiertes, Gehörtes und Gesehenes«.

Autobiografische Bezüge

8. Rezeption

Zwei Phasen der Rezeption

Man muss bei der Betrachtung der Rezeption des *Vorlesers* durch die deutsche und internationale Kritik im Wesentlichen zwei Phasen unterscheiden: In der ersten, die der Publikation im Jahre 1995 unmittelbar folgte, wurde Schlinks Roman in der Regel enthusiastisch gefeiert. Nur selten wird zu dieser Zeit Anstoß an einzelnen Äußerungen im Roman genommen oder gar die gesamte Konzeption als von vornherein auf Minimierung deutscher Schuld angelegt verstanden. Dies geschah schließlich sieben Jahre später: Im Frühjahr 2002 lösten Beiträge im *Times Literary Supplement* (TLS) eine heftige Debatte um die Grundpositionen des *Vorlesers* aus.

Anerkennung nach Veröffentlichung

Besonders beeindruckt zeigten sich die Interpreten der »ersten Generation« von Schlinks Sprache und seiner Erzählhaltung. Michael Stolleis etwa urteilte in der *Frankfurter Allgemeinen Zeitung* (9.9.1995):

> »Diese unlösbaren Fragen [nach Hannas Schuld und ihrer Läuterung] werden in der Schwebe gehalten. Ihr Gewicht wird nur erträglich durch Schlinks einfühlsame und transparente Sprache. Auch in den Andeutungen der Details ist sie von oft erstaunlicher Präzision.«

Marion Löhndorf zeigt sich in der *Neuen Zürcher Zeitung* (28.10.1995) beeindruckt von der »schnörkellosen Erzählweise« des Romans und der »Ich-Perspektive, die eine in ihrer Rückhaltlosigkeit intime, drängende, keinen Abgründen ausweichende Introspektion zulässt«. »Aufrichtigkeit« wird dem Roman immer wieder als wichtigste Eigenschaft attestiert. Rainer Moritz, der seine Rezension in der *Weltwoche* (23.11.1995) mit dem Ausruf schließt: »Was für ein Glück, dass dieses Buch geschrieben wurde!«, formuliert dies am präzisesten:

> »*Der Vorleser* ist ein Roman von bestechender Aufrichtigkeit. Er fegt die bequemen Ausflüchte all derer hinfort, die einem ›Aufarbeiten der Vergangenheit‹ eilfertig das Wort reden. Wenn Michael Berg einräumt: ›Ich bin damit nicht fertig geworden‹, so spricht er ungewollt aus, was andere, viele andere vertuschen. ›Schamarbeit‹, ›Erinnerungsarbeit‹ – so lauten die modischen Betroffenheitsvokabeln, die Absolution vorgaukeln. Dass es Dinge gibt, die keinen Anspruch auf Freispruch und Versöhnung haben, davon erzählt Bernhard Schlink, leise und klug.«

Marion Löhndorf sieht die Aufrichtigkeit in Schlinks Roman besonders durch die Darstellung von Hanna gewährleistet: »Niemals dämonisiert der Erzähler die Geliebte, die den Allerweltsnamen Hanna Schmitz trägt, noch viel weniger stilisiert er sie zur Sympathiefigur.«

Gelungene Täterfigur

Gerade aber an der Sprache und der Konzeption von Hanna entzündete sich sieben Jahre nach der Publika-

Kontroverse Debatte nach sieben Jahren

tion eine heftige Debatte, die ursprünglich in Großbritannien nach der Rezension von Schlinks Kurzgeschichtensammlung *Liebesfluchten* aufgeflammt war. In Deutschland orchestrierte besonders die *Süddeutsche Zeitung* die Kritik am *Vorleser*. Willi Winklers Beitrag (*Süddeutsche Zeitung*, 30./31.3./1.4.2002) kann dabei als beispielhaft für die Ablehnung des Romans gelten. Über den Stil Schlinks befindet Winkler:

> »Zwar ist *Der Vorleser* um größtmögliche Kunstlosigkeit bemüht, der Roman ist aber gleichzeitig eine strenge Predigt gegen jede Form der Vergangenheitsbeschreibung, die nicht individuell und am besten gleich ganz persönlich ist. Der Verzicht auf Stil hat im Verein mit der ›Titanic‹-haften Liebesgeschichte einerseits den Welterfolg ermöglicht und andererseits den deutschen Propagandisten einer realistischen und vermeintlich amerikanischen Literatur den ersehnten Gegenstand der Selbstfeier geliefert. Allerdings will das Buch nebenbei ziemlich treudeutsch mit der Vergangenheit aufräumen, die sonst womöglich gar nicht vergehen würde.«

Winkler vermutet, dass der Ich-Erzähler »hier für seine Generation, also gewiss auch für den Autor Bernhard Schlink spricht«. Daher wirft er Schlink vor, die Gräuel der Nazizeit bewusst zu verharmlosen:

> »Bernhard Schlink hat von den Verbrechen vor seiner Zeit gehört, er schweigt nicht, sondern schreibt

Abb. 3: Der Gerichtssaal während des Auschwitz-Prozesses in Frankfurt am Main. – picture alliance/dpa

darüber. Er hat, das lässt sich aus dem Roman entnehmen, an einigen Auschwitzprozessen der 60er-Jahre teilgenommen, aber er begnügt sich nicht mit Scham und Schuld, er will, sehr volksaufklärerisch, begreifen helfen. Die ›Furchtbarkeiten‹ mögen furchtbar gewesen sein, die ›Informationen‹ darüber allzu viele, doch alle menschlichen Gebrechen heilet reine Menschlichkeit, vor allem in einem Roman, dessen Vorlage, wie Jeremy Adler vermutet, ›aus der Pornographie der 50er-Jahre geklaut‹ ist.«

Besonders an der Figur der Hanna Schmitz entzündet sich Winklers Kritik (die in Deutschland im Übrigen

■ Inakzeptable Täterfigur

wohl am vehementesten vom *Spiegel* [15/2002] zurückgewiesen wurde):

> »Auf seine wenig subtile Art variiert Schlink das Klischee vom schäferhundliebenden und abends geigespielenden KZ-Kommandanten, indem er seine Hanna wenigstens nachträglich in das Reich der Dichter & Denker beruft. Die ehemalige Lageraufseherin ist nämlich Analphabetin, deshalb braucht sie den Vorleser. Weil sie nicht lesen konnte, und die Entdeckung fürchtete, hat Hanna, armes Ding, ihre Laufbahn bei Siemens aufgeben müssen und bei der SS Unterschlupf gefunden, wo ihre Leseschwäche nicht weiter auffiel. Man kennt sie doch, die brutale SS. So was nennt man am besten beim Namen, und der heißt Holo-Kitsch.«

Im Zusammenhang mit Hannas Einsicht in die eigenen Taten nach der Lektüre von Holocaustliteratur fragt Winkler: »Ist das abscheulich oder richtig abscheulich?«. Er schließt mit einem erneuten Zitat Jeremy Adlers, der als einer der ersten den Roman Schlinks heftig kritisierte: »Es wirft ein trauriges Schlaglicht auf unsere verkehrte Welt, dass diesen Schundroman ausgerechnet ein deutscher Richter ausgebrütet hat.«

Es versteht sich, dass gegen diese heftigen Polemiken auch eindeutiger (und berechtigter) Einspruch erhoben wurde – eine Interpretation des *Vorlesers* wird

Abb. 4: Filmplakat: *Der Vorleser* (2008)

die Vorwürfe aber wohl kaum mehr unberücksichtigt lassen können.

Verfilmung

Auch die 2009 in die deutschen Kinos gekommene Verfilmung des Romans von Stephen Daldry war wieder von heftigen Auseinandersetzungen gekennzeichnet, die besonders um die Oscar-Nominierung von Kate Winslet aufflammten. Erneut stand im Mittelpunkt die Frage, ob für die Täterin Hanna Schmitz Mitleid und Sympathie erzeugt und ob dadurch nicht die grausame Geschichte des Holocaust banalisiert und die Täter entschuldigt würden.

Der Film, der in den USA floppte und in Deutschland überaus erfolgreich war, stellt – was den ersten Teil betrifft – fast eine vollständige Übernahme des Romans dar. Im zweiten und dritten Teil wurden deutlich mehr Handlungselemente weggelassen. Auch hinsichtlich der Erzählperspektive versucht der Film, dem Roman weitgehend zu folgen: In einer Rahmenhandlung sehen wir Michael nach dem Tod Hannas, wie er sich an die Ereignisse um seine Beziehung zu ihr erinnert. Damit wird deutlich gemacht, dass man die Vergangenheit eigentlich durch die Augen des etwa 50-jährigen Michael Berg sieht – ganz durchgehalten werden kann dies allerdings nicht: So sieht der Zuschauer auch Szenen (etwa die Beförderung Hannas), die Michael nicht gesehen und somit eigentlich nicht direkt erinnern kann. Außerdem wird im Film darauf verzichtet, deutlich zu machen, dass es sich bei der präsentierten Geschichte nur um *eine Version* handelt, nämlich die, die für Michael so

»rund« (S. 206) ist, dass er sie halbwegs ertragen kann (vgl. Kap. 6, S. 58). Dafür nimmt die Verfilmung im Vergleich zum Roman eine eindeutigere Position gegenüber Hanna ein: Zwar erweckt sie auch hier Empathie[16] (z. B. durch die Darstellung der Figur im Gerichtssaal), doch erscheint sie dem Zuschauer letztlich als weniger geläuterte Person denn die Hanna des Romans. So wird sie im Film am Ende nicht als Leserin von Holocaustliteratur gezeigt, womit die häufig geäußerte Kritik, dass man als Auschwitz-Täterin nicht erst über das Lager lesen müsse, um moralisch zu begreifen, in welche Verbrechen man verstrickt war, entfällt. Hanna ist im Film insgesamt uneinsichtiger, was ihre Vergangenheit angeht. Anders als im Roman, in dem sie berichtet, dass sie von den Geistern der Toten im Gefängnis heimgesucht werde (der Leser erfährt damit von ihrem Lernprozess nach der Gerichtsverhandlung), antwortet sie in der Verfilmung auf Michaels Frage, ob sie etwas gelernt hätte, nur, sie habe Lesen gelernt. Durch diese negativere Präsentation Hannas kann der Film auch als eine Interpretation des Romans verstanden werden, die die kritischen Stimmen zur ambivalenten Täterfigur beachtet.

16 Vgl. hierzu auch den Artikel »Kitsch und Tod« von Raphael Gross in der *Frankfurter Allgemeinen Zeitung* (8. 4. 2009): www.faz.net/aktuell/feuilleton/debatten/schlinks-vorleser-kitsch-und-tod-1784197.html

9. Wort- und Sacherläuterungen

Begriffe, die leicht im Fremdwörter-Duden nachgeschlagen werden können, finden nachstehend keine Aufnahme. Die hier gegebenen Erläuterungen beschränken sich weitgehend auf Sacherklärungen.

8,22 **Architravs:** Architrav: gerader Balken aus Holz oder Stein, der darüberliegende Bauteile trägt und dabei selbst auf Pfeilern, Säulen oder Bögen aufruht.

29,30 **Molkenkur:** Name einer Station der Heidelberger Bergbahn sowie einer alten Kuranlage auf dem Gaisberg in Heidelberg. Diese und andere Angaben verorten den Roman in Heidelberg (und Umgebung).

40,24 f. **Julien Sorel … Madame de Rênal … Mathilde de la Mole:** Figuren aus dem Roman *Rot und Schwarz* (1830) von Stendhal (eigentlich: Marie-Henri Beyle, 1783–1842).

40,25 f. **Felix Krull:** Titelfigur aus Thomas Manns (1875–1955) Schelmenroman *Bekenntnisse des Hochstaplers Felix Krull* (1922/54).

40,28 f. **Herr von Goethe … Frau von Stein:** In der literaturwissenschaftlichen Forschung wird seit langem diskutiert, ob der Dichter Johann Wolfgang Goethe (1749–1832) und die Weimarer Adlige Charlotte von Stein (1742–1827) eine Beziehung pflegten, die über eine Freundschaft hinausging. Textdokumente legen dies nahe, beweisen es aber nicht schlüssig.

42,21 **Homers Epen:** Der griechische Dichter Homer (ca. 8. Jh. v. Chr.), von dessen Leben nichts bekannt ist, schuf die Epen *Ilias* (behandelt den Trojanischen Krieg) und *Odyssee* (s. Anm. zu 42,24).

Ciceros Reden: Marcus Tullius Cicero (106–43 v. Chr.), römischer Staatsmann und Philosoph, war einer der berühmtesten Redner der Antike. Er hatte mehrere hohe Staatsämter inne und war zudem ein erfolgreicher Anwalt.

42,21 f. **Hemingways Geschichte …:** Ernest Hemingways (1899–1961) letzter Roman *The Old Man and the Sea* (1952) erzählt vom ausdauernden Kampf eines Fischers, der schließlich einen großen Fisch an der Angel hat, ihn aber nach zermürbendem Ringen wieder an das Meer und die Haie verliert.

42,24 **Odyssee:** Die *Odyssee* Homers erzählt – mit ausgreifenden Nebenhandlungen – von den Irrfahrten und der Heimkehr des Odysseus von Troja nach Ithaka.

42,25 **Reden gegen Catilina:** In seinen vier Reden gegen Catilina (um 108–62 v. Chr.) konnte Cicero ein letztes Mal die Vorherrschaft des römischen Senats durchsetzen. Catilina hatte 63 v. Chr. einen Staatsstreich geplant, der mit der Ermordung Ciceros beginnen sollte.

43,1 **»Emilia Galotti«:** Das in Prosa verfasste Drama (1772) von Gotthold Ephraim Lessing (1729–1781) gilt als eines der wichtigsten bürgerlichen Trauerspiele. Es behandelt zentral die »tyrannische Willkürherrschaft« (Goethe) des Adels. Wie in *Kabale und Liebe* (s. u.) kommen die wahren Liebenden nicht zueinander.

»Kabale und Liebe«: Das bürgerliche Trauerspiel aus dem Jahre 1784 von Friedrich Schiller (1759–1805) erzählt von der Liebesbeziehung zwischen der Musikertochter Luise Miller und dem Adligen Ferdinand von Walter, die durch äußere Einflüsse und Intrigen schließlich zerstört wird.

56,12 f. **Eichendorffs »Taugenichts«:** Die Novelle *Aus dem Leben eines Taugenichts* Joseph von Eichendorffs (1788–1857) aus dem Jahre 1826 erzählt die Geschichte eines romantischen »Aussteigers«, der der Welt des normalen Broterwerbs entflieht.

57,9 **Rilke:** Rainer Maria Rilke (1875–1926), deutscher Dichter. Wichtige Werke: *Das Stunden-Buch* (1905), *Duineser Elegien* (1923).

57,10 **Benn:** Gottfried Benn (1886–1956), deutscher Dichter. Wichtige Werke: *Morgue und andere Gedichte* (1912), *Statische Gedichte* (1948).

66,9 **Nausikaa:** Figur aus der *Odyssee*, die dem Titelhelden während eines seiner Abenteuer Schutz bietet.

67,20 f. **»Krieg und Frieden«:** umfassender Familien-, Historien- und Bildungsroman (1869) des russischen Dichters Lew Tolstoi (1828–1910), der sich vor dem Hintergrund der militärischen Auseinandersetzungen zwischen Russland und Frankreich zu Beginn des 19. Jahrhunderts entfaltet.

76,6 **Nouvelle vague:** (frz.) »Neue Welle«, Bezeichnung für eine Stilbewegung des französischen Films. Berühmtestes Beispiel dieser Richtung: *Außer Atem* (1960) von Jean-Luc Godard.

92,23 **Auschwitz:** Das Konzentrations- und Vernichtungslager Auschwitz wurde 1940 zunächst als Internierungsstätte für die polnische Intelligenz und den polnischen Widerstand in einer ehemaligen Kaserne eingerichtet, wurde aber sukzessive zur größten nationalsozialistischen Vernichtungsstätte ausgebaut. Bis zum Januar 1945, als das Lager von den Nazis geräumt und ein Großteil der Häftlinge auf Todesmärsche geschickt wurde, sind in den drei Lagerkomplexen von Auschwitz, zu denen auch zahlreiche Nebenlager gehörten, schätzungsweise 1,5 Millionen Menschen (die meisten von ihnen waren Juden) getötet worden.

92,24 **in einem kleinen Lager bei Krakau:** Falls Schlink sich an real existierenden Lagern orientierte, könnte hier das Lager Płaszów (1942–45) gemeint sein, dessen max. 24 000 Häftlinge nahezu allesamt nach Auschwitz deportiert wurden. Das Lager und sein Kommandant Amon Göth wurden durch den Film *Schindlers Liste* (s. u.) bekannt.

142,28 **Fernsehserie »Holocaust«:** Die amerikanische Serie um das Schicksal der jüdischen Familie Weiss wurde erstmals 1979 im deutschen Fernsehen gezeigt. Mit ihr kam der Begriff »Holocaust« in die deutsche Sprache, die bis dahin kein eigenes Wort für den nationalsozialistischen Massenmord kannte.

142,29 **»Sophies Wahl«:** Film (dt. Originaltitel: »Sophies Entscheidung«) nach dem Roman *Sophie's Choice* (1979) von William Styron (1925–2006). Zentrale Szene des Buches ist Sophies »Wahl« im KZ, welches ihrer beiden Kinder umgebracht werden soll.

142,29 f. **»Schindlers Liste«:** Film nach Thomas Keneallys (geb. 1935) Roman *Schindler's Ark* (1982), der den (nicht erfundenen) deutschen Industriellen Oskar

Schindler porträtiert, der zum Retter hunderter Juden wurde.

144,5 **Struthof:** das Konzentrationslager Natzweiler-Struthof, im Elsass gelegen, das zwischen 1941 und 1944 bestand. Es war ursprünglich für 1500 Häftlinge als Straflager geplant, zu Beginn des Jahres 1944 waren aber über 7000 Menschen dort interniert. Das KZ war zwar kein Vernichtungslager, aber aufgrund seiner Lage (in 800 Meter Höhe auf einem Gipfel der Vogesen) und der dort durchgeführten medizinischen Experimente, die Tausende das Leben kosteten, besonders gefürchtet.

150,5 **»Au Petit Garçon«:** (frz.) »Zum kleinen Jungen«.

174,19 **Schnitzler:** Arthur Schnitzler (1862–1931), österreichischer Schriftsteller. Wichtige Werke: *Leutnant Gustl* (1900), *Reigen* (1900).

174,19 f. **Tschechow:** Anton Tschechow (1860–1904), russischer Schriftsteller. Wichtige Werke: *Die Dame mit dem Hündchen* (1899), *Der Kirschgarten* (1903).

175,26 **Keller:** Gottfried Keller (1819–1890), deutscher Dichter. Wichtige Werke: *Die Leute von Seldwyla* (1856/74), *Züricher Novellen* (1876/77).

Fontane: Theodor Fontane (1819–1898), deutscher Schriftsteller. Wichtige Werke: *Irrungen, Wirrungen* (1888), *Effi Briest* (1894/95).

Heine: Heinrich Heine (1797–1856), deutscher Dichter. Wichtige Werke: *Buch der Lieder* (1827), *Deutschland. Ein Wintermärchen* (1844).

175,27 **Mörike:** Eduard Mörike (1804–1875), deutscher Dichter. Wichtige Werke: *Maler Nolten* (1832), *Mozart auf der Reise nach Prag* (1855).

176,4 **Kafka:** Franz Kafka (1883–1924), deutschsprachiger Schriftsteller. Wichtige Werke: *Das Urteil* (1913), *Der Prozess* (1925).

Frisch: Max Frisch (1911–1991), schweizerischer Schriftsteller. Wichtige Werke: *Homo faber. Ein Bericht* (1957), *Andorra* (1961).

Johnson: Uwe Johnson (1934–1984), deutscher Schriftsteller. Wichtige Werke: *Mutmaßungen über Jakob* (1959), *Jahrestage* (1970–83).

Bachmann: Ingeborg Bachmann (1926–1973), deutsche Schriftstellerin. Wichtige Werke: *Die gestundete Zeit* (1953), *Malina* (1971).

Lenz: Siegfried Lenz (1926–2014), deutscher Schriftsteller. Wichtige Werke: *So zärtlich war Suleyken* (1955), *Die Deutschstunde* (1968).

193,25 **Primo Levi:** (1919–1987), italienischer Schriftsteller und Auschwitz-Überlebender. Wichtige Werke: *Ist das ein Mensch?* (1947), *Das periodische System* (1975).

Elie Wiesel: (1928–2016), amerikanischer Schriftsteller (im heutigen Rumänien geboren), Auschwitz-Überlebender und Friedensnobelpreisträger. Wichtige Werke: *Die Nacht* (1956), *Die Richter* (2000).

193,25 f. **Tadeusz Borowski:** (1922–1951), polnischer Schriftsteller, Journalist und Auschwitz-Überlebender. Wichtige Werke: *Bei uns in Auschwitz* (1946), *Bitte, die Herrschaften zum Gas (1946).*

193,26 **Jean Améry:** (eigentlich: Hans Chaim Maier, 1912–1978), österreichischer Schriftsteller und Auschwitz-Überlebender. Wichtige Werke: *Die Schiffbrüchigen* (1935), *Jenseits von Schuld und Sühne* (1966).

193,27 f. **Rudolf Höss:** (1900–1947), Kommandant von Auschwitz (1940–43 und Juni–August 1944), 1947 in Polen hingerichtet.

193,28 **Hannah Arendts Bericht:** Die jüdische Journalistin und Philosophin Hannah Arendt (1906–1975) beobachtete 1961 im Auftrag der Zeitschrift *The New Yorker* den Jerusalemer Eichmann-Prozess. Ihr daraus resultierendes Werk *Eichmann in Jerusalem. Ein Bericht von der Banalität des Bösen* (deutsch 1964) gilt als einer der wichtigsten Texte über die Karriere des SS-Mordorganisators Adolf Eichmann. Ihre Analyse legte offen, dass die gängigen Klischees, die SS-Täter seien allesamt monströs gewesen, für weite Teile der Bevölkerung eine bequeme Entlastung, aber völlig falsch waren.

194,15 f. **»Frühling läßt sein blaues Band …«:** Anfang des Gedichtes *Er ist's* von Eduard Mörike (1804–1875).

194,16 f. **»Wolkenschatten fliehen über Felder«:** Beginn des Gedichtes *Märztag* von Detlev von Liliencron (1844–1909).

206,30–207,1 **»Jewish League Against Illiteracy«:** Diese Einrichtung ist eine Erfindung Bernhard Schlinks.

10. Prüfungsaufgaben mit Lösungshinweisen

Aufgabe 1:

Beschreiben Sie, was das »erzählende Ich« (der erwachsene Michael Berg, der die Geschichte erzählt) und das »erlebende Ich« (der zunächst noch jugendliche Michael Berg, der die Geschichte »erlebt«) verbindet, aber auch deutlich voneinander unterscheidet. Beachten Sie hierbei auch deren Verhältnis zueinander im Verlauf der Erzählung.

Lösungshinweise:

Zunächst sollte beschrieben werden, dass der Ich-Erzähler nur aus seiner Sicht erzählen kann. Er vermag es nicht, in die Köpfe anderer Figuren zu schauen, und kann z. B. deren Motive für ihr Handeln nur erahnen bzw. interpretieren. Weiterhin wichtig ist, dass Michael auf die Geschichte aus seiner Erzählgegenwart zurückblickt: Als »erzählendes Ich« weiß er natürlich, wie die Geschichte ausgeht. Allerdings gibt er dies im Verlauf der Erzählung zunächst nicht preis. Er offenbart immer nur so viel, wie auch das »erlebende Ich« damals wusste. Dadurch entfaltet sich auch für den Leser die Wahrheit um Hanna erst nach und nach. Er räumt damit scheinbar dem Rezipienten ein, dass dieser selbst interpretieren kann, warum sich Hanna oft so rätselhaft verhält. Allerdings darf man sich nicht täuschen: Da das »erzählende Ich« darüber entscheidet, was und wie die Geschichte vermittelt wird, ist sie bereits eine Interpretation der Ereignisse – und zwar eine, mit der das »erzählende Ich« am besten leben kann. »Erzählendes« und »erlebendes Ich« nähern sich im Laufe der Erzählung immer weiter an, bis sie in der Erzählgegenwart sozusagen wieder miteinander vereint sind.

Aufgabe 2:

Charakterisieren Sie die Figuren Michael Berg und Hanna Schmitz sowie deren Verbindung zueinander. Zeigen Sie in diesem Zusammenhang auch, inwiefern die Dreiteilung des Romans mit dem Verlauf der Beziehung zwischen Michael Berg und Hanna Schmitz korrespondiert.

Lösungshinweise:

Wichtig für diese Aufgabe ist zunächst einmal, zu erläutern, dass alle Figurencharakterisierungen vom Ich-Erzähler Michael Berg abhängen. Damit sind sie subjektiv und müssen als Interpretationen der Hauptfigur verstanden werden. Von dessen Standpunkt aus entwickelt sich die Beziehung aus einer Zufallsbegegnung zu einer sexuellen, regelmäßigen, aber geheimen Liebesaffäre (erster Teil). Deutlich wird aus den Schilderungen Michaels, dass Hanna in der Beziehung dominant ist, mitunter auch gewaltbereit. Der noch unerfahrene Michael, der nicht mehr Kind, aber noch kein Erwachsener ist, leidet unter ihrer Verschlossenheit und ihrem zunächst rätselhaften Verhalten. Durch den mitbeschriebenen Kontext wird deutlich, dass die Beziehung von Anfang an auch als krank gesehen werden kann: Der Beginn von Michaels tatsächlicher Erkrankung und die erste Begegnung der beiden ereignen sich nicht umsonst parallel. Nach Hannas Verschwinden kämpft Michael – so erscheint es ihm aus der Retrospektive – weiter mit den Erfahrungen aus dieser Beziehung. Er wird Hanna im wahrsten Sinne nicht los und misst auch seine neuen Beziehungen immer wieder an jener zu ihr. Letztlich ist Michael durch die Erfahrungen beschädigt. Erst im zweiten Teil beginnt Michael Hanna zu verstehen: Im Gerichtsverfahren erfährt er von ihrem Weg in die und in der SS und von ihrer Beteiligung an den NS-Verbrechen. Gleichzeitig erkennt er in ihrem Analphabetismus das zentrale Motiv ihres Handelns. Mit dieser Entdeckung erscheint Michael die Beziehung der beiden aber in einem neuen Licht: Er muss sich jetzt damit auseinandersetzen, dass er eine Täterin geliebt hat. Seine Bewältigungsversuche erhalten eine völlig neue Dimension. Im dritten Teil, der sich der Erzählgegenwart annähert, tritt die Beziehung der beiden in ihre letzte Phase: Erneut liest Michael ihr etwas vor, dieses Mal aber auf Distanz, denn er schickt ihr nur besprochene Kassetten in das Gefängnis, besucht sie jedoch nicht oder reagiert auch nicht auf ihre Botschaften, die ihm allerdings verdeutlichen, dass Hanna endlich Lesen und Schreiben gelernt hat. Sie erscheint ihm, als er sie kurz vor ihrer Entlassung doch endlich besucht, auch in anderer Hinsicht deutlich verändert: Sie hat sich offenbar intensiv mit der eigenen Vergangenheit beschäftigt. Auch wenn Hanna sich umbringt, bevor sie ein neues Leben nach ihrer Haft beginnen kann, endet für den Erzähler seine Lebensaufgabe nicht: Die Beziehung zu Hanna zu verstehen und in ein Narrativ, eine Erzählung zu bringen, die ihn nicht mehr traurig macht. Das gelingt ihm erst zehn Jahre später mit der vorliegenden Geschichte.

Aufgabe 3:

Nehmen Sie kritisch Stellung zu Michael Bergs Erklärung für Hannas Handeln. Sehen Sie diese Auffassung als gerechtfertigt an? Welche Folgen hat sie?

Lösungshinweise:

Zunächst einmal muss entwickelt werden, dass Michael Berg lange bevor er in seiner Erzählung preisgibt, dass Hanna Analphabetin und in der SS war, schon allgemeine Überlegungen zum menschlichen Handeln anstellt, die er später für seine Argumentation nutzt. So trennt er prinzipiell Entscheiden und Handeln voneinander ab: Er argumentiert, dass man oft ganz anders handele, als man es sich vorher vorgenommen habe. Deshalb geht er davon aus, dass »Es« in ihm handele, nicht sein »Ich«. Auch bei Hanna sieht er, dass sie sich nicht aktiv und überlegt für die SS (oder andere Dinge) entschieden habe, sondern eine Getriebene der eigenen Handlungen sei. Bei ihr würden, so Michael, letztlich alle Handlungen von dem Wunsch abhängen, nicht als Analphabetin entlarvt zu werden. Diese ganze Argumentation muss man aber kritisch betrachten: Denkt man sie konsequent weiter, würde das heißen, dass niemand für seine Entscheidungen verantwortlich ist, weil sie entweder von einem »Es« oder von einem außerhalb der eigenen Kontrolle liegenden Trieb ausgelöst würden. Gerade im Hinblick auf den Holocaust muss diese Argumentation verstören: Zusammen mit der an anderer Stelle durch eine weitere Figur vorgetragenen Begründung, die Mörder in den KZ hätten unter einer »Betäubung« gelitten, wären die allermeisten NS-Täter von einer direkten Schuld entlastet und letztlich selbst auch Opfer.

In der kritischen Würdigung von Bergs Argumenten kann man zugestehen, dass es auch zu den Alltagserfahrungen gehört, dass man anders handelt, als man sich es vorgenommen hat. Allerdings bleibt zu fragen, ob das nur ausnahmsweise so passiert oder – wie Michael unterstellt – die Regel ist.

Wichtig ist aber zu beachten, dass Michaels ganze Argumentation letztlich auch dazu dient, die empfundene Schuld, eine Täterin geliebt zu haben (obgleich das ja für ihn nicht zu erkennen war, als die Beziehung begann), zu minimieren. Die Frage nach der Plausibilität von Michaels Argumentation berührt damit gleich auf mehreren Ebenen das Innere des Romans.

11. Literaturhinweise / Medienempfehlungen

Mittlerweile sind zu Bernhard Schlinks Roman eine Fülle von Interpretationen, Unterrichtshilfen und Internetquellen publiziert worden. Die nachstehende Auswahl kann nur einen kleinen Ausschnitt aus der großen Menge dieser Literatur bieten und erhebt keinen Anspruch auf Vollständigkeit.

Textausgabe

Schlink, Bernhard: *Der Vorleser*. Zürich: Diogenes Verlag, 1997. – *Nach dieser Ausgabe wird zitiert.*

Zu Bernhard Schlink und dessen Werk

Moraldo, Sandro: Bernhard Schlink. In: Kritisches Lexikon zur deutschsprachigen Gegenwartsliteratur. Hrsg. von Heinz Ludwig Arnold. München: edition text + kritik. [Der Artikel versammelt alle wichtigen Stationen des literarischen Schaffens von Bernhard Schlink und listet entscheidende Sekundärtexte auf. Eine gute Ausgangsbasis, um erste Informationen zu Schlink und seinem Werk zu ermitteln.]

Schlink, Bernhard: Auf dem Eis. Von der Notwendigkeit und der Gefahr der Beschäftigung mit dem Dritten Reich und dem Holocaust. Ein Essay. In: Der Spiegel 2001. Heft 19. S. 82–85 (www.spiegel.de/spiegel/print/d-19120366.html). [Interessante Stellungnahme

Schlinks zur Thematik, die zu einem Vergleich mit dem Vorleser einlädt.]

Donahue, William: Holocaust Lite: Bernhard Schlinks »NS-Romane« und ihre Verfilmungen. Bielefeld 2011. [Sehr kritische Studie zu Schlinks Romanen, die letztlich feststellt, dass sie gerade der NS-Thematik nicht gerecht werden können. Intensiv und kritisch blickt der amerikanische Literaturwissenschaftler auch auf die (schulische) Rezeption des *Vorlesers*.]

Berger, Norbert: Bernhard Schlink. *Der Vorleser*. Mit Materialien zum Film. Zeitgenössische Romane im Unterricht. Unterrichtshilfen mit Kopiervorlagen für die Sekundarstufe II. 4. Aufl. Donauwörth 2016. [Unterrichtsmaterial und Interpretationen für die Sekundarstufe II, die auch die Verfilmung berücksichtigen.]

Fricke, Hannes: Interpretation. Bernhard Schlink: *Der Vorleser*. PDF-Dokument zum Herunterladen (www.reclam.de/detail/978-3-15-950052-2/Fricke_Hannes/Interpretation_Bernhard_Schlink_Der_Vorleser_PDF_). [Ausführliche Interpretation des Romans, die ihn auch in der Literaturgeschichte des 20. Jahrhunderts verortet.]

Heigenmoser, Manfred: Bernhard Schlink: *Der Vorleser*. Erläuterungen und Dokumente. Stuttgart 2005 [u. ö.]. (Reclams Universal-Bibliothek. 16050.) [Der Band bietet Sacherklärungen zum historischen Hintergrund, Dokumente zur Auseinandersetzung um das Buch sowie zur literaturwissenschaftlichen Interpretation.]

Quellen zur kontroversen Diskussion über Bernhard Schlinks *Der Vorleser*

Moritz, Rainer: Die Liebe zur Aufseherin. Bernhard Schlinks Roman *Der Vorleser* – ganz einfach ein Glücksfall. In: Die Weltwoche (23. 11. 1995). [Typische Rezension der »ersten Generation«, die unmittelbar nach Erscheinen des Romans Schlink enthusiastisch feierte.]

Winkler, Willi: Vorlesen, Duschen, Durcharbeiten. Schlechter Stil, unaufrichtige Bilder: England begreift nicht mehr, was es an Bernhard Schlinks Bestseller *Der Vorleser* fand. In: Süddeutsche Zeitung (30./31. 3./ 1. 4. 2002). [Typischer Beitrag der »zweiten Generation«, die Schlinks Roman heftig angreift.]

Zum Nachschlagen von Sachbegriffen

Burdorf, Dieter [u. a.] (Hrsg.): Metzler Literatur Lexikon. Begriffe und Definitionen. 3., überarb. Aufl. Stuttgart 2010. [Gute Ausgangsbasis für wichtige literaturwissenschaftliche Begriffe, z. B. zu den Erzählinstanzen.]

Nünning, Ansgar (Hrsg.): Metzler-Lexikon Literatur- und Kulturtheorie. Ansätze – Personen – Grundbegriffe. 5., überarb. und erw. Aufl. Stuttgart 2013. [Unverzichtbares Lexikon, wenn es um zentrale literaturtheoretische Begriffe geht.]

Zum Holocaust allgemein

Benz, Wolfgang: Der Holocaust. 8. Aufl. München 2014. [Kompakte und übersichtliche Darstellung der Ereignisse.]

Jäckel, Eberhard, Peter Longerich / Julius H. Schoeps (Hrsg.): Enzyklopädie des Holocaust. München 1995. [Unverzichtbares Nachschlagewerk in drei Bänden mit Einträgen zu den Holocaust betreffenden Ereignissen, Orten und Personen.]

Zu Tätern des Holocaust im Besonderen

Klee, Ernst: Das Personenlexikon zum Dritten Reich. Wer war was vor und nach 1945. 5., aktual. Aufl. Frankfurt a. M. 2015. [Umfangreiches Nachschlagewerk, das besonderen Wert darauf legt, die Täterbiografien auch nach 1945 weiterzuverfolgen.]

Zu Konzentrationslagern allgemein

Wachsmann, Nikolaus: KL. Die Geschichte der nationalsozialistischen Konzentrationslager. München 2016. [Herausragende (wenn auch sehr umfangreiche) Geschichte der KZ, die erstmals eine Zusammenschau der Entwicklungen von den wilden Lagern 1933 bis zu den Todesmärschen 1945 bietet.]

Zum Konzentrationslager Auschwitz

Czech, Danuta: Kalendarium der Ereignisse im Konzentrationslager Auschwitz-Birkenau 1939–1945. 2. Aufl. Reinbek bei Hamburg 2008. [Umfangreiches Verzeichnis der Ereignisse in Auschwitz.]

Langbein, Hermann: Menschen in Auschwitz. Frankfurt 2016. [Langbein beschäftigt sich sowohl mit dem Alltag der Häftlinge als auch mit dem Handeln der Täter. Zudem wird das Schicksal von Opfern und Tätern nach der Befreiung des Lagers berührt.]

Zu Gerichtsverfahren gegen die Täter

Arendt, Hannah: Eichmann in Jerusalem. Ein Bericht von der Banalität des Bösen. 7. Aufl. München [u. a.] 2013. [Immer noch eine der wichtigsten Studien über die Psyche der Schreibtischtäter.]

Werle, Gerhard / Thomas Wandres: Auschwitz vor Gericht. Völkermord und bundesdeutsche Strafjustiz. München 1995. [Umfangreiche Darstellung des Auschwitz-Prozesses.]

Zum Thema »Holocaust und Literatur«

Dresden, Sem: Literatur und Holocaust. Frankfurt a. M. 1997. [Leicht lesbare Studie, die Grundprobleme der Holocaustliteratur erfasst.]

Young, James E.: Beschreiben des Holocaust. Darstellung und Folgen der Interpretation. Frankfurt a. M. 1997.

[Die nach wie vor grundlegende Studie zum literaturwissenschaftlichen Umgang mit Holocaustliteratur.]

Internetquellen

http://schlink.rewi.hu-berlin.de [offizielle Seite von Bernhard Schlink bei der HU Berlin.]

www.faz.net/aktuell/feuilleton/buecher/im-gespraech-bernhard-schlink-herr-schlink-ist-der-vorleser-geschichte-1100720.html [FAZ-Gespräch mit Schlink anlässlich der Verfilmung des *Vorlesers* und zur Interpretation des Romans.]

www.holocaustliteratur.de [Seite der Arbeitsstelle Holocaustliteratur am Institut für Germanistik der Justus-Liebig-Universität Gießen. Bietet generelle Informationen zum Thema »Literatur und Holocaust«.]

www.auschwitz-prozess.de [Seite des Fritz-Bauer-Instituts, die Tonbandaufzeichnungen des Frankfurter Auschwitz-Prozesses zur Verfügung stellt.]

12. Zentrale Begriffe und Definitionen

Appellstruktur: Eigentlich ein Begriff des Literaturwissenschaftlers Wolfgang Iser, der beschreibt, dass ein Leser immer auf Unbestimmtheitsstellen eines literarischen Textes (u. a. das, was nur zwischen den Zeilen steht) reagieren muss. Der Text »appelliert« z. B. mit seinen Leerstellen an den Leser, sie mit seiner eigenen Phantasie zu füllen, Erzählstränge zu ordnen usw. Bei der hier vorgetragenen Interpretation von Schlinks Roman ist der Begriff »Appellstruktur« im übertragenen Sinne gemeint: Die Positionen Michael Bergs, des Erzählers, »appellieren« an den Leser, sich kritisch mit ihnen auseinanderzusetzen.
➤ S. 60

Autor vs. Erzähler: Eine grundlegende Unterscheidung, die in jeder Interpretation beachtet werden sollte. Der Autor erfindet eine Geschichte, die aber von einem Erzähler (der ebenso erfunden ist) vermittelt wird. Das, was der Erzähler sagt, darf nicht mit der Meinung des Autors verwechselt werden. Es kann, aber es muss keine Übereinstimmungen geben. Michael Berg ist somit nicht identisch mit Bernhard Schlink. Siehe hierzu auch die Begriffsdefinition zu ➤ textinterne/textexterne Ebene.
➤ S. 9

Autobiografische Bezüge: Allgemein Elemente einer fiktiven Erzählung, die Parallelen zum Leben des Autors haben. Im *Vorleser* gibt es einige: so etwa, dass Schlink wie Michael Berg Jurist ist und in Heidelberg aufwuchs. Die Frage bleibt aber, wie wichtig solche Bezüge sind.
➤ S. 9

»Banalität des Bösen«: Die jüdische Philosophin und Schriftstellerin Hannah Arendt beobachtete 1961 in Jerusalem den Prozess gegen den NS-Täter Adolf Eichmann, der zu den Organisatoren des Holocaust gehörte. Darüber berichtete sie in ihrem Werk *Eichmann in Jerusalem. Ein Bericht von der Banalität des Bösen* (1964). Ihre beunruhigende Erkenntnis: diejenigen, die den Massenmord organisierten, waren keineswegs Psychopathen und Monster, sondern in der Regel ganz normale, banale Menschen. In gewisser Weise trifft das auch auf Hanna in Michael Bergs Erzählung zu.

➤ S. 39

»Betäubung«: Der Begriff taucht in der Erzählung immer wieder auf. So fühlt sich Michael im Gerichtssaal »betäubt«, oder der Mercedes-Fahrer, der ihn ein Stück auf seinem Weg in eine Gedenkstätte mitnimmt, führt »Betäubung« als Begründung für die Morde in den KZ an. Der Begriff wird zu einem wichtigen Baustein in Michaels Argumentation.

➤ S. 51

Ich-Erzähler: Ein Ich-Erzähler ist immer auf der Ebene der Figuren präsent, hat keine Einsicht in die Gedanken und Gefühle der anderen Figuren und kann daher nur subjektiv über die Ereignisse berichten. Von seiner Sicht hängt ab, was der Leser erfährt und was nicht. Bei einer Interpretation ist diese erzählerische Vermittlung immer zu berücksichtigen.

➤ S. 9

Inadäquater Erzähler: Ein Begriff des britischen Literaturwissenschaftlers John Mullan, der damit einen ➤ Ich-Erzähler beschreibt, der seiner eigenen Geschichte nicht gewachsen ist und mit ihr im Vorgang des Erzählens kämpft. Auch Michael Berg ist partiell mit seinen Erlebnissen überfordert, so dass er sie in eine Form bringen muss, die ihn nicht mehr traurig macht. In gewisser Hinsicht ist der inadäquate Erzähler Michael Berg auch ein unzuverlässiger Erzähler: Man darf seiner Argumentation deshalb nicht (immer) trauen.

➤ S. 35

Erzählendes/erlebendes Ich: Bei Erzählungen, die von einem ➤ Ich-Erzähler aus der Rückschau vermittelt werden, gibt es einen Unterschied zwischen dem »erzählenden Ich«, das die ganze Geschichte von Anfang bis Ende kennt und so vermittelt, wie es ihm richtig erscheint, und dem »erlebenden Ich«, das in der Geschichte selbst präsent ist und noch nicht um den Ausgang der Ereignisse weiß.

➤ S. 33

Erzählte Zeit: Die Zeit, die in einer Erzählung vergeht. Im *Vorleser* sind es über zwei Jahrzehnte. Der Begriff »Erzählzeit« dagegen meint die Zeit, die man braucht, um eine Geschichte zu erzählen.

➤ S. 35

»Es … handelt«: Michael Bergs Formulierung für eine ihm zentral gewordene (problematische) Erkenntnis: Nicht bewusste Entscheidungen führten zu Handlungen, sondern ein nicht kontrollierbares »Es« (unterdrückte Triebe, Wünsche etc.).

➤ S. 44

Heimkehrerthematik: Nach 1945 beschäftigten sich viele

Texte der deutschen Literatur mit dem Schicksal der an Leib und Seele verwundeten heimkehrenden deutschen Soldaten. Enger Zusammenhang mit der ➤ Kahlschlag- und der ➤ Trümmerliteratur.

➤ S. 37

Kahlschlagliteratur: Literarische Strömung der deutschen Literatur nach 1945, die v. a. auf die vorausgegangene Katastrophe des »Dritten Reiches« u. a. mit einer auf das Äußerste verknappten, unpathetischen Sprache reagierte.

➤ S. 37

Kolportage: Literarisch minderwertiger, auf billige Effekte setzender Text.

➤ S. 38

medias-in-res: lat. ›mitten in die Sache‹, bezeichnet den Beginn eines Textes, mitten im Geschehen.

➤ S. 11

Rezeption: Aufnahme und Verarbeitung eines (literarischen) Werkes. Bei Schlinks *Vorleser* ist es besonders bemerkenswert, dass es zwei Rezeptionsphasen gab: Unmittelbar nach der Veröffentlichung wurde der Roman fast einhellig gelobt, sieben Jahre später wurde er dann äußerst kontrovers diskutiert.

➤ S. 74

Textinterne/textexterne Ebene: Auf der textinternen Ebene spielt sich die Erzählung ab, die von einem Erzähler vermittelt wird. Auf der textexternen Ebene findet z. B. die Diskussion um den Roman statt, den Bernhard Schlink geschrieben hat.

➤ S. 43

Trümmerliteratur: Literarische Strömung der deutschen Literatur nach 1945, die v. a. das Leben in den völlig zerstörten deutschen Städten thematisiert. Enge Verbindung zur ➤ Kahlschlagliteratur und zur ➤ Heimkehrerthematik.

➤ S. 37

Ziel der Erzählung: Bei einer durch einen ➤ Ich-Erzähler vermittelten Erzählung lohnt es sich besonders zu fragen: *Warum* erzählt der Erzähler die Geschichte? Bei Michael Berg ist es das Ziel, seine als schuldhaft empfundene Liebe zu einer NS-Täterin in ein Narrativ zu bringen, mit dem er leben kann und das ihn nicht mehr traurig macht.

➤ S. 52